Autor _ CONRAD
Título _ NO CORAÇÃO DAS TREVAS

Copyright _ Hedra 2008
Tradução© _ José Roberto O'Shea
Título original _ *Heart of Darkness*
Corpo editorial _ Adriano Scatolin, Alexandre B. de Souza, Bruno Costa, Caio Gagliardi, Fábio Mantegari, Felipe C. Pedro, Iuri Pereira, Jorge Sallum, Oliver Tolle, Ricardo Musse, Ricardo Valle

Dados _ Dados Internacionais de Catalogação na Publicação (CIP)

No coração das trevas / Conrad, Joseph (Trad. José Roberto O'Shea) – São Paulo : Hedra : 2008 Bibliografia.

ISBN 978-85-7715-032-8

1. Título: Coração das Trevas CDD-823.912

Índice para catálogo sistemático:
1. Título: Coração das Trevas 823.912

Direitos reservados em língua portuguesa somente para o Brasil

EDITORA HEDRA LTDA.

Endereço _
R. Fradique Coutinho, 1139 (subsolo) 05416-011 São Paulo SP Brasil
Telefone/Fax _ +55 11 3097 8304
E-mail _ editora@hedra.com.br
Site _ www.hedra.com.br
Foi feito o depósito legal.

Autor _	CONRAD
Título _	NO CORAÇÃO DAS TREVAS
Tradução _	JOSÉ ROBERTO O'SHEA
Introdução _	BERNADETE LIMONGI
São Paulo _	2013

Joseph Conrad (Józef Teodor Konrad Korzeniowski. Berdyczów, Polônia [atualmente Berdychiv, Ucrânia]—Bishopsbourne, Inglaterra, 1924), filho de pais poloneses, aos 16 anos fez-se ao mar, realizando viagens à Martinica e ao Caribe, e mais tarde tornando-se capitão da marinha mercante britânica, com a qual fez várias visitas ao Oriente. Em 1890, Conrad subiu o rio Congo, no comando de um navio a vapor, intensa experiência retratada em *No coração das trevas*. Reformou-se da marinha ao final de vinte anos, em 1894, e passou a residir na Inglaterra, como súdito da coroa, e ali desposou uma jovem inglesa. Conrad só começa a escrever aos 32 anos, com o romance *A loucura do Almayer* (1895). Seguiram-se, entre outros, *O negro do Narcissus* (1897), *Lorde Jim* (1900), *Juventude* (1902), *No coração das trevas* (1902), *Tufão* (1903), *Nostromo* (1904), *O agente secreto* (1907), e *Vitória* (1915). Conrad é não apenas um fenômeno literário, mas também lingüístico, já que a língua na qual sua produção literária figura entre as melhores de todos os tempos, era o seu terceiro idioma (vindo depois do polonês e do russo), um idioma com o qual teve seu primeiro contato aos 21 anos.

No coração das trevas (1902) resulta da experiência pessoal de Conrad, no Congo, em 1890, e constitui uma das narrativas ficcionais mais complexas e extraordinárias de toda a literatura inglesa. A exemplo de Charlie Marlow, narrador principal da obra, Conrad, ainda criança, contemplara um mapa e decidira um dia visitar o coração da África. Os abusos praticados na exploração colonial e presenciados pelo escritor deixaram-no profundamente abalado, conferindo-lhe uma visão crítica quanto à base moral das explorações coloniais e das atividades comerciais conduzidas nos países recentemente "descobertos", e colorindo-lhe para sempre a imaginação ficcional.

José Roberto O'Shea é professor titular de Literatura Inglesa da Universidade Federal de Santa Catarina (UFSC). É mestre em Literatura pela American University, em Washington, DC, e doutor em Literatura Inglesa e Norte-americana pela Universidade da Carolina do Norte, em Chapel Hill, com pós-doutorados na Universidade de Birmingham (Shakespeare Institute) e na Universidade de Exeter, ambas na Inglaterra. Publicou diversos artigos em periódicos especializados, além de cerca de trinta traduções, abrangendo as áreas de História, Teoria da Literatura, Biografia, Poesia, Ficção em Prosa e Teatro.

Bernadete Limongi é professora titular de Literatura Inglesa da Universidade Federal de Santa Catarina (UFSC). É mestre em Letras (Inglês e Literatura Correspondente) pela Universidade Federal de Santa Catarina e doutora em Língua Inglesa e Literatura Inglesa e Norte-americana pela Universidade de São Paulo, com pós-doutorado na Universidade de Essex, na Inglaterra. Publicou diversos artigos em periódicos especializados, além do livro *Utopia x Satire in English Literature* (PGI, 1999).

SUMÁRIO

Introdução, por Bernadete Limongi   9

NO CORAÇÃO DAS TREVAS   21

INTRODUÇÃO

JOSEPH CONRAD, UM ESTRANHO NO NINHO

"De repente, sem sequer nos dar tempo para arrumar os pensamentos ou preparar nossas frases, nosso hóspede nos deixou; e sua saída, sem adeus ou cerimônia, está de acordo com sua chegada misteriosa, há muitos anos, para se estabelecer neste país. Pois houve sempre um ar de mistério em torno dele. Isto aconteceu, em parte, pelo seu nascimento na Polônia, em parte pela sua aparência memorável, em parte ainda por preferir viver nas profundezas do campo, longe dos mexericos e dos rumores, fora do alcance das anfitriãs, de tal forma que para se ter notícias dele tinha-se que confiar no relato de simples visitantes com o hábito de tocar à porta das pessoas sem se anunciarem, que contavam, a respeito de seu anfitrião desconhecido, tratar-se de um homem com bons modos, olhos muito brilhantes e que falava inglês com um forte sotaque estrangeiro."[1] Assim Virginia Woolf inicia sua homenagem a Conrad, em agosto de 1924, por ocasião da morte do escritor.

Numa declaração anterior, semelhante à de Virginia Woolf, mas menos jocosa, E. M. Forster refere-se a nosso autor ao escrever sobre a coletânea de ensaios que Conrad reuniu em *Notes on Life and Letters* e ao volume de reflexões biográficas que havia publicado em 1912, *A Personal Record*. Forster refere-se ao personagem Conrad como elusivo, por uma de duas possíveis razões: "A primeira razão

---

[1] Virginia Woolf. "Joseph Conrad". In *Collected Essays*, vol. 1, London: The Hogarth Press, 1980, p. 302.

já foi indicada: o pavor que o autor tem da intimidade. Ele tem uma concepção rígida sobre os direitos do público e determinou que nós não ficássemos debruçados sobre ele; ofereceu-nos no máximo o vestíbulo e ironicamente nos convidou a tomá-lo, se o quiséssemos, por seu apartamento privado. Não podemos vê-lo claramente porque ele não quer ser visto. Mas também pode ser que não o vejamos claramente porque ele seja essencialmente nebuloso... Isto não é uma crítica estética ou moral. É apenas uma sugestão de que nossas dificuldades em relação ao sr. Conrad procedam em parte de suas dificuldades internas".[2]

Nascido em 1857, na região ucraniana da Polônia, então dominada pela Rússia, Józef Teodor Konrad Korzeniowski foi o filho único de Apollo e Evelina Korzeniowski. Apesar de ter estudado Direito e línguas na Universidade de São Petersburgo, ter traduzido Victor Hugo e escrito poemas e peças de teatro, os principais interesses de Apollo eram políticos. Suas atividades políticas e revolucionárias atraíram a ira das autoridades russas e fizeram com que a família fosse banida para o nordeste da Rússia, onde o clima rigoroso e as dificuldades do exílio contribuíram para a morte prematura de Evelina, em 1865, quando Conrad tinha apenas sete anos. Nos três ou quatro anos seguintes o garoto foi cuidado alternadamente pelo pai ou pelo tio materno, Thaddeus Bobrowski, até que em 1869 Apollo recebeu permissão para mudar-se para Cracóvia, onde veio a falecer em maio do mesmo ano. Thaddeus assumiu a responsabilidade pelo menino, tendo sido, até o fim da vida, seu amigo, mentor, provedor e conselheiro financeiro. Com a idade de quinze anos Conrad já manifestava o desejo de tornar-se um homem do mar, embora nascido numa região distante

---

[2] E. M. Forster. "Joseph Conrad: A Note". In Joseph Conrad, *Heart of Darkness*. Edited by Paul B. Armstrong. New York and London: a Norton Critical Edition, fourth edition, 2005, p. 315.

da costa. Em 1874, aos 17 anos, conseguiu integrar a tripulação de um navio mercante francês, fazendo sua primeira viagem, de Marselha à Martinica. Voltando a Marselha um ano mais tarde, foi aceito como aprendiz em outro navio francês, viajando para as Antilhas. Passou a integrar a tripulação do navio britânico Mavis, chegando na Inglaterra pela primeira vez em 1878, portanto, aos 21 anos. Na ocasião sabia apenas algumas palavras em inglês, embora fosse fluente em francês, além de sua língua materna. Fez então carreira no Serviço Mercante Britânico (British Merchant Service), chegando a comandante depois de aprovado nos exames necessários. Em 1886 tornou-se cidadão britânico, adotando o nome de Joseph Conrad. Viajou para Singapura, para a Península Malaia, Bangcoc, Sidney, Ilhas Maurício, Melbourne e Adelaide. Em 1890 chegou ao Congo, pois há muito alimentava o desejo de se aventurar na África. Fora contratado para comandar um navio a vapor de uma companhia belga cujo capitão havia sido assassinado. Para atingir o navio precisou subir o rio e fazer um percurso de cerca de 200 milhas a pé, que durou 36 dias, ao final dos quais descobriu que seu navio estava encalhado e precisando de reparos. Depois de alguns meses pediu para voltar à Europa, com a saúde para sempre abalada.

Conrad ainda viajou para a Austrália, em 1891, mas tentativas para conseguir outras viagens falharam e ele estabeleceu-se definitivamente na Inglaterra, visando dedicar-se à literatura, em 1895, ano em que foi publicado seu primeiro romance, *Almayer's Folly* (A Loucura de Almayer). No ano seguinte desposou Jessie George, com quem teve dois filhos. O mar foi o maior inspirador e o principal cenário de seus romances e contos, embora Conrad demonstrasse sentimentos antagônicos em relação a ele. Desejava ser reconhecido como ficcionista, e não como o marinheiro que se tornou ficcionista. Pelo

INTRODUÇÃO

menos é o que se depreende da carta que escreveu a seu amigo Richard Curle, em julho de 1923: "Eu esperava que numa visão panorâmica eu tivesse a oportunidade de me livrar da história infernal dos navios, daquela obsessão da minha vida no mar que tem tanta importância na minha existência literária, na minha qualidade de escritor, quanto a enumeração das salas de visita que Thackeray freqüentou pode ter tido em seu talento de grande romancista. Afinal de contas, posso ter sido um homem do mar, mas sou um autor de prosa. Na realidade, a natureza do meu ato de escrever corre o risco de ser obscurecida pela natureza do meu material. Admito que seja natural; mas apenas a apreciação de uma inteligência especial pode contrabalançar a apreciação superficial da inteligência inferior da massa de leitores e críticos".[5]

Conrad permanece um caso único no panorama literário inglês. Como bem diz Muriel C. Bradbrook, "Na história da literatura inglesa nunca houve nada como a história de Joseph Conrad; nem, ao que me consta, houve alguém como ele em qualquer outra literatura européia".[4] O inglês foi sua terceira língua e ele a dominou como um mestre. Virginia Woolf assim se refere à beleza de seu estilo: "Quando abrimos suas páginas sentimo-nos como Helena deve ter se sentido ao olhar-se no espelho e verificar que, fizesse ela o que fizesse, jamais seria uma mulher comum. Assim também Conrad recebeu o talento e esforçou-se para desenvolvê-lo, e sentia tamanha obrigação para com uma língua estranha, caracteristicamente apreciada por suas qualidades latinas em vez das saxônicas, que

---

[5]Richard Curle (1928), "Conrad to a Friend". In Joseph Conrad, *Heart of Darkness*. New York: W. W. Norton & Company, 1971.
[4]Muriel C. Bradbrook. *Joseph Conrad: Poland's English Genius*. New York: Cambridge University Press, 1941, pp. 5-6. Reprinted by permission of the publisher in Joseph Conrad. *Heart of Darkness*. Edited by Robert Kimbrough, op. cit., p. 98.

lhe parecia impossível fazer um movimento feio ou insignificante com sua pena. Sua amante, seu estilo, às vezes parece sonolenta, em repouso. Mas ai de quem dirigir-se a ela, pois de forma magnífica ela se imporá, e com que cores, triunfo e majestade!".[5]

A EXPERIÊNCIA NO CONGO

No século XIX as nações européias disputavam entre si a exploração das riquezas da África. Britânicos, holandeses, portugueses e franceses eram os principais rivais. Grandes exploradores, como o galês Stanley e o inglês David Livingstone, entre outros, alimentavam a imaginação dos jovens com o relato de suas descobertas e experiências. Por volta dos 10 anos Conrad leu um livro muito popular na época, de autoria de Leopold McClintoc, *The Voyage of the 'Fox' in the Arctic Seas*. O livro despertou seu interesse por mapas, e do Ártico para a África foi apenas um passo. As aventuras de Livingstone, que se recusou a deixar o Congo, lá morrendo ainda à procura da nascente do Nilo, o levaram a sonhar com o distante continente. Ele realizaria seu sonho muitos anos depois, sonho este que se revelaria um pesadelo.

A situação do Congo na época era bastante peculiar. Não era disputado por nenhuma nação e, provavelmente por isso, tornou-se objeto da cobiça do rei Leopoldo II da Bélgica. Em 1876, Leopoldo realizou uma conferência em Bruxelas para examinar a situação da África, nela expondo o seu interesse em "abrir para a civilização a única parte do nosso globo onde o cristianismo ainda não penetrou e eliminar a escuridão que cobre a população inteira".[6] Como

---

[5] Virginia Woolf. "Joseph Conrad". In *Collected Essays*, op. cit., p. 302.
[6] Maurice N. Hennessy. *Congo*. London: Pall Mall, 1961. Reprinted by permission in Joseph Conrad. *Heart of Darkness*. Edited by Robert Kimbrough, op. cit., p. 87.

INTRODUÇÃO

resultado da conferência, foi criada a Associação Africana Internacional, que se tornou uma organização pessoal do rei belga e o levou a criar a Associação Internacional do Congo.

Em 1884, Bismarck organizou uma conferência em Berlim justamente para aparar as arestas entre as nações européias rivais na África e estabelecer regras de exploração que evitassem conflitos. A conferência revelou-se hipócrita e ineficiente e a única resolução aparentemente acatada por todos foi a de que cada nação deveria notificar as outras sobre seus planos de colonização, inclusive com a descrição dos territórios em que pretendia se instalar. O mais surpreendente, no entanto, nessa conferência foi o fato de terem todos concordado com a propriedade pessoal do Congo pelo rei da Bélgica. Três meses depois o parlamento belga ratificou essa decisão. Leopoldo II da Bélgica foi confirmado chefe do Estado fundado na África pela Associação Internacional do Congo, e a união entre o novo estado e a Bélgica se daria em termos exclusivamente pessoais. O Congo permaneceu propriedade particular de Leopoldo II até sua morte, em 1908. Ele legou o Estado africano, em testamento, à Bélgica, em troca de um polpudo empréstimo concedido pela Câmara Legislativa belga.

O Congo era gerido da Bélgica por um Administrador Geral. Havendo muitas disputas e dificuldades, o país foi finalmente dividido em 15 distritos, cada qual dirigido por um Comissário que representava o Administrador Geral. Diferentemente dos ingleses, que administravam suas possessões por meio de chefes locais, através dos quais mantinham sua autoridade, os administradores belgas optaram por reduzir o poder dos chefes locais. Desta forma, as tribos nativas ficaram à mercê dos funcionários belgas, ou mesmo de um nativo submisso, não lhes sendo garantido nenhum direito. Os brancos tinham sempre razão e sua palavra era lei. Várias companhias receberam concessão de Leopoldo para explorar o marfim do Congo, em troca do pagamento de taxas. O trabalho era de semi-escravidão, pois o salário dos nativos era irrisório. A tirania e a brutalidade dos exploradores fomentaram uma amargura e um ódio generalizados no povo congolês. De acordo com Maurice N. Hennessy, "somente em uma concessão, 142 africanos foram mortos".[7]

Foi para esse Congo, cuja situação Conrad desconhecia completamente, que o autor se deslocou. Para conseguir o comando do barco a vapor precisou da interferência de uma prima, a quem tratava por tia, viúva de um primo de sua mãe, que morava na Bélgica e freqüentava a alta sociedade. Foi esta mesma tia que depois intercedeu a seu favor, para que fosse levado de volta à Europa, tendo em vista sua saúde debilitada pela febre e disenteria. Já na África, mas ainda não no Congo, Conrad começa a perceber a situação difícil que viria a enfrentar, como se deduz das cartas que escreve a amigos e à tia. Seu Diário, em dois volumes, é também bastante revelador.

Apesar da sra. Conrad negar ter o autor consultado o Diário ao escrever *No coração das trevas*, fato reforçado por seu amigo Richard Curle que ainda afirma que Conrad não guardava anotações, há muitas semelhanças entre o que é relatado no Diário e o que aparece na novela, como a presença infernal dos mosquitos, os gritos e o rufar dos tambores ao longe, o barco sem condições de navegar, os esqueletos amarrados em postes, assim como certos personagens, se é que assim podem ser chamados, como o Arlequim, o homem branco doente que precisa ser levado na rede pelos nativos. Em uma carta à tia, Conrad diz: "Tudo me é re-

---

[7] Maurice Hannessy. *Congo*. London: Pall Mall, 1961. In Joseph Conrad. *Heart of Darkness*. Ed. by Robert Kimbrough. New York: W.W. Norton & Company, 1971, p. 90.

pelente aqui. Os homens e as coisas, mas especialmente os homens. E eu sou repelente para eles também. Do gerente na África — que se deu ao trabalho de dizer a um bom número de pessoas que eu o desagrado profundamente — até o mecânico mais humilde, todos têm o dom de atacar meus nervos; e conseqüentemente eu não devo ser para eles tão agradável como poderia ser".[8]

À constatação de que cometeu um grande erro indo para o Congo, onde sequer cumpriu a missão para a qual tinha sido contratado,[9] justapõe-se uma outra, bem mais reveladora: "Antes do Congo eu era apenas um animal".[10] Para Albert J. Guerard, referindo-se a *No coração das trevas*, "a base autobiográfica da narrativa é bem conhecida e seu viés introspectivo, óbvio; esta é a mais longa jornada de Conrad em direção a seu ser mais profundo. Mas é bom lembrar que *No coração das trevas* também trata de coisas mais superficiais: é uma narrativa de viagem vívida e sensível e um comentário sobre a luta por pilhagem mais vil que desfigurou a história da consciência humana e da exploração geográfica".[11]

G. Jean-Aubry chega mesmo a dizer que "A doença que ele trouxe do Congo, ao limitar sua atividade física e

---

[8]"Letters of Joseph Conrad to Marguerite Poradowska". Translated and edited by John A. Gee and Paul J. Sturm., 1940. In Joseph Conrad. *Heart of Darkness*. Edited by Robert Kimbrough, op. cit., p. 119.

[9]"Esta história [*No coração das trevas*] e uma outra que não está neste volume [*An Outpost of Progress*] são todo o espólio que eu trouxe do centro da África onde, realmente, eu não tinha nada a fazer." Joseph Conrad. "From 'Author's Note'" (1917), *Youth*. London: J. M. Dent & Sons, 1921. In Joseph Conrad. *Heart of Darkness*. Ed. by Robert Kimbrough, op. cit., p. 160.

[10]From Edward Garnett."Introduction", *Letters from Conrad 1895—1924*, London, The Nonesuch Press, 1928. In Joseph Conrad. *Heart of Darkness*. Edited by Robert Kimbrough, op. cit., p. 122.

[11]Albert Guerard. *Conrad the Novelist*, pp. 33—38, Mass., 1958, The Fellows of Harvard College. In Joseph Conrad. *Heart of Darkness*. Edited by Robert Kimbrough, op. cit., p. 122.

confiná-lo ao quarto durante meses, obrigou-o a refletir sobre si mesmo, a relembrar sua vida que, embora ele tivesse apenas 35 anos, já era extraordinariamente plena, e tentar avaliar o valor de suas lembranças sob o ponto de vista humano e literário... Pode-se dizer que a África matou Conrad, o marinheiro, e fortaleceu Conrad, o ficcionista".[12]

NO CORAÇÃO DAS TREVAS

A primeira obra de Conrad, *Almayer's Folly*, foi terminada em 1894 e publicada em 1896. Em 1895, *An Outcast of the Islands* foi aceito para publicação. Em 1897 ele completou *The Nigger of the 'Narcissus'* e um volume de cinco contos a que deu o título de *Tales of Unrest*. Em 1898, escreveu e publicou *Youth*, o primeiro conto em que aparece Marlow. No outono daquele ano iniciou *No coração das trevas*, publicado primeiro em capítulos, pela Blackwood's Magazine, entre fevereiro e abril de 1899, e na forma de livro em 1902.

Para Albert J. Guerard, não resta dúvida de que "a estória não é principalmente sobre Kurtz ou sobre a brutalidade dos funcionários belgas e sim, sobre Marlow, seu narrador".[13] Já A. C. Ward refere-se a Marlow como o artifício mais engenhoso inventado por Conrad, utilizado não apenas em *Heart of Darkness*, mas também em *Lord Jim* (1900), *Youth*, e *Chance*.[14] De acordo com Ward, Marlow "funciona como receptor e filtro das evidências fornecidas por várias fontes, desta forma permitindo que personagens e eventos sejam vistos de vários ângulos, permitindo ao leitor uma compreensão maior e mais profunda da obra". O próprio Conrad refere-se à sua criatura como se fosse um

---

[12] G. Jean-Aubry. *Life and Letters*. London: William Heinemann, 1927. In Joseph Conrad. *Heart of Darkness*. Ed. by Robert Kimbrough, op. cit., p. 125.

[13] Albert J. Guerard, op. cit., p. 124.

[14] A.C. Ward. *Longman Companion to Twentieth Century Literature*. Essex: Longman, 3rd ed. 1981.

ser real, que tivesse entrado em sua vida por acaso: "Não houve plano nenhum. O homem Marlow e eu nos encontramos da mesma forma casual com que se estabelecem relações em *resorts*. Às vezes essas relações tornam-se autênticas amizades, e foi isto que aconteceu conosco. Apesar de suas fortes convicções e opiniões, ele não invade minha privacidade... De todos os meus personagens [*people*, no original], ele é o único que nunca me aborreceu. Trata-se de um homem muito discreto e compreensivo...".

No coração das trevas permite várias interpretações. O próprio autor, ao responder a uma carta de Barrett H. Clark, declara: "Primeiro gostaria de deixar bem clara uma proposição: a de que raramente um trabalho artístico é limitado a um significado único e exclusivo, e não necessariamente tende a uma conclusão definitiva. E isto pela simples razão de que, quanto mais próximo da arte, mais simbólico se torna... Todas as grandes criações literárias são simbólicas, e com isso ganham em complexidade, poder, profundidade e beleza".[15]

Robert Kimbrough, no Prefácio de *Heart of Darkness*, por ele editado e já citado, assim se refere ao conto: "*Heart of Darkness* tende a ser interior, sugestivamente analítico, e altamente psicológico. Em suma, ele introduz um novo modo na ficção de Conrad: o simbólico". E lembra que o próprio autor tinha dúvidas sobre o simbolismo com que havia envolvido Kurtz: "O que eu claramente admito é o erro de ter feito Kurtz simbólico demais ou mesmo apenas simbólico. Sendo a estória principalmente um veículo para transmitir impressões pessoais, dei rédea à minha preguiça mental e segui o caminho do menor esforço".

A fortuna crítica de *Heart of Darkness* evidencia o interesse que o conto até hoje provoca, e as múltiplas leituras

---

[15] G. Jean-Aubry. *Life and Letters*, op. cit., p. 154.

que sugere. A nova edição da Norton, de 2005, sob a responsabilidade de Paul B. Armstrong, em substituição a Robert Kimbrough, traz uma série de novos artigos sobre a obra, abordando Impressionismo e Simbolismo, racismo, a jornada interior, as mulheres no conto, ou a mulher africana, metafísica, canibalismo, modernismo e Vietnã, cultura popular, a visão do novo historicismo, do pós-colonialismo. Traz ainda alguns artigos que já constavam na edição de Robert Kimbrough, como os de Virginia Woolf, Albert Guerard, Ford Madox Ford e Chinua Achebe.

Não há dúvida de que o autor atingiu o que queria: "Aquele tema sombrio precisava de uma ressonância sinistra, uma tonalidade própria, uma vibração contínua que, eu esperava, ficaria suspensa no ar e permaneceria nos ouvidos depois do toque da última nota".[16] Ao terminar sua leitura, ressoam em nossos ouvidos as últimas palavras de Kurtz: "O horror! O horror!". Referia-se ele à África? A si mesmo? Ao homem europeu? Perguntamo-nos também se, ao contrário de Rousseau, não estaria Hobbes com a razão, e se não é a civilização, tão criticada nos tempos atuais, que atuaria como um fator de controle sobre o bicho que parece se esconder no interior do ser humano. Indagamo-nos ainda se a selva não deprava o homem "civilizado", tema tão bem abordado por William Golding em *Senhor das moscas* (*Lord of the Flies*, no original), e interrogamo-nos sobre o significado do post-scriptum de Kurtz ao seu texto sobre a "Supressão dos Costumes Selvagens": "Exterminem todos os brutos!". Enfim, Conrad leva-nos a refletir e a constatar que ao continente negro contrapõem-se as trevas inerentes ao ser humano, sua complexidade, sua imensa capacidade para o bem e para o mal.

---

[16] Joseph Conrad. "Author's Note" (1917), *Youth*, 1921. In Joseph Conrad. *Heart of Darkness*. Ed. by Robert Kimbrough, op. cit., p. 160.

NO CORAÇÃO DAS TREVAS

I

A *Nellie*, uma escuna de cruzeiro, balançou em torno da âncora sem que as velas tremulassem e se aquietou. A maré havia subido e o vento quase parado, e, uma vez que rumava rio abaixo, restava ao barco aguardar a vazante.

O estuário do Tâmisa estendia-se diante de nós como o início de um canal interminável. Ao largo, mar e céu fundiam-se sem qualquer junção, e no espaço luminoso as velas bronzeadas dos barcos que subiam na preamar pareciam imóveis, em grupos de lonas vermelhas, pontiagudas e com o brilho de espichas envernizadas. Uma névoa repousava sobre margens baixas que corriam mar adentro numa planície evanescente. O ar acima de Gravesend estava escuro e, mais além, parecia condensado numa escuridão taciturna que pairava inerte sobre a maior e mais grandiosa cidade da Terra.

O Diretor da Companhia era nosso comandante e anfitrião. Nós quatro observávamos com afeto as suas costas, enquanto ele se punha de pé à proa, contemplando o mar. Em todo o rio, nada tinha aspecto tão náutico. Parecia mesmo um piloto, o que, para um homem do mar, é a confiança personificada. Era difícil conceber que seu trabalho não estivesse lá adiante, no estuário luminoso, mas atrás dele, em meio àquela escuridão taciturna.

Havia entre nós, conforme já disse em algum lugar, o elo do oceano. Além de manter nossos corações unidos durante longos períodos de separação, esse elo nos tornava tolerantes com as histórias — e até com as convicções — de cada um. O Advogado — o melhor dos velhos companheiros —, devido aos seus muitos anos e muitas virtudes, fazia jus à única almofada que havia no tombadilho, e deitava-se sobre o único tapete. O Contador já apresentara uma caixa de dominós e brincava arquitetonicamente com as pedras. Marlow sentava-se de pernas cruzadas, próximo à popa, recostado no mastro da mezena. Tinha as faces encovadas, a tez amarelada, as costas eretas, um aspecto ascético, e, com os braços caídos e as palmas das mãos à mostra, parecia um totem. O Diretor, certo de que a âncora estava firme, dirigiu-se à popa e sentou-se conosco. Trocamos algumas palavras ociosas. Em seguida fez-se silêncio a bordo do iate. Por algum motivo não demos início ao jogo de dominós. Sentíamo-nos pensativos e aptos tão-somente à plácida contemplação. O dia terminava na serenidade de um brilho calmo e raro. A água reluzia pacificamente; o céu, sem mácula, era uma imensidão benigna de pura luz; a própria névoa sobre o charco de Essex parecia uma gaze radiante, dependurada nos morros arborizados e drapeando as margens baixas com pregas diáfanas. Somente a escuridão a oeste, taciturna acima dos pontos mais altos, tornava-se a cada minuto mais sombria, como que irritada com a aproximação do sol.

E afinal, em sua queda curva e imperceptível, o sol afundou e, de branco luminoso, transformou-se em vermelho opaco, sem raios e sem calor, como se estivesse prestes a apagar, golpeado mortalmente pelo toque daquela escuridão taciturna acima da massa humana.

De súbito, ocorreu uma mudança sobre as águas, e a serenidade se tornou menos reluzente e mais profunda. O velho rio, em sua larga extensão, após séculos de bons serviços prestados à raça que lhe povoava as margens, descansava tranqüilo ao fim do dia, estirado na calma dignidade de um curso d'água que levava aos mais distantes confins da Terra. Contemplamos a correnteza venerável, não à luz vívida de um dia curto que vem e se vai para sempre, mas à luz augusta de lembranças perenes. E, de fato, nada é mais fácil para um homem que, como se diz, "segue o mar" com reverência e afeto, do que evocar o grande espírito do passado junto às margens baixas do Tâmisa. O fluxo da maré corre em vaivém, no seu trabalho constante, pleno de lembranças de homens e barcos por ele transportados ao descanso do lar ou às batalhas do mar. Conheceu e serviu a todos os homens que orgulham a nação, de Sir Francis Drake a Sir John Franklin, todos cavaleiros — com ou sem títulos —, grandes cavaleiros errantes do mar. Transportou navios cujos nomes são qual jóias brilhando na noite dos tempos, do *Golden Hind*, regressando com o casco abaulado repleto de tesouros, recebendo a visita da Sua Alteza Real e assim deixando o seu relato momentoso, ao *Erebus* e o *Terror*, destinados a outras conquistas — e que jamais retornaram. Conheceu navios e homens. Haviam partido de Deptford, de Greenwich e Erith — aventureiros e colonos; navios de reis e navios de comerciantes; capitães, almirantes, "atravessadores" tenebrosos do comércio com o Oriente, e "generais" comissionados das frotas das Índias Orientais. No encalço de ouro ou fama, todos haviam fluído por aquela correnteza, empunhando a espada, e muitas vezes a tocha, mensageiros dos poderosos, portadores da centelha do fogo sagrado. Que grandeza não terá flutuado na vazante daquele rio, rumando ao mistério de uma terra desconhecida!... Sonhos de homens, semente de nações, germes de impérios...

O sol se pôs; o crepúsculo caiu sobre a correnteza e luzes começaram a surgir ao longo da costa. O farol de Chapman, uma coisa de três pernas erguida na planície lodosa, brilhava com força. Luzes de navios se moviam no canal — grande alvoroço de luzes subindo e descendo. Mais a oeste, nas margens elevadas, o local da cidade monstruosa ainda estava marcado ameaçadoramente no céu, taciturna escuridão em meio à luz do sol, lúrido clarão sob as estrelas.

— E este é também — Marlow disse, subitamente — um dos locais sombrios da Terra.

Ele era o único entre nós que ainda "seguia o mar". O pior que se podia dizer a seu respeito era que não representava a classe. Tratava-se de um homem do mar, mas era também um errante, ao passo que a maioria dos homens do mar leva, por assim dizer, uma vida sedentária. Possuem mentes do tipo caseiro, e têm sempre consigo o próprio lar — o navio; e também seu país — o mar. Navios são bastante semelhantes e o mar é sempre o mesmo. Na imutabilidade daquilo que os cerca, as costas estrangeiras, as fisionomias estrangeiras, a mutante imensidão da vida, passam ao largo, veladas não por uma noção de mistério, mas por uma ignorância levemente desdenhosa; pois nada há de misterioso para o homem do mar, exceto a própria imensidão do mar, amante de sua existência e inescrutável como o Destino. No mais, após as horas de trabalho, uma caminhada eventual ou uma farra em terra firme bastam para revelar-lhe o segredo de todo um continente e, de modo geral, ele acha, não vale a pena descobri-lo. As histórias dos homens do mar são de uma simplicidade direta, cujo significado cabe dentro de uma casca de noz. Mas Marlow não era um caso típico (exceto pela propensão a contar histórias) e, para ele, o significado de um episódio não estava no interior, qual uma semente, mas no exterior, envolvendo o relato que o desvelava, assim como a luz desvela a neblina, à semelhança desses halos nebulosos por vezes tornados visíveis sob a luz espectral da lua.

O comentário, em absoluto, não surpreendeu. Era típico de Marlow. Foi aceito em silêncio. Ninguém se deu ao trabalho de sequer resmungar; e, logo, ele falou, lentamente:

— Eu estava pensando nos tempos antigos, quando os romanos chegaram aqui, mil e novecentos anos atrás... ontem... A luz emanava deste rio... Cavaleiros, diriam os senhores? Sim, mas é como fogo correndo na planície, como relâmpago nas nuvens. Vivemos numa centelha... que ela perdure enquanto a Terra seguir girando! Mas ontem havia aqui trevas. Imaginem o sentimento do comandante de uma bela... como é mesmo o nome?... trirreme, no Mediterrâneo, que, de repente, recebe ordens para tomar o rumo norte, cruzar às pressas a terra dos gauleses, assumir o comando de uma daquelas embarcações que os legionários... que homens habilidosos eles devem ter sido... construíam, segundo consta, às centenas, em um ou dois meses, se é que podemos acreditar no que lemos. Imaginem tal homem aqui... nos confins do mundo, o mar cor de chumbo, o céu cor de fumaça, num barquinho quase tão firme quanto um acordeom... subindo este rio, levando consigo suprimentos, ou encomendas, ou seja lá o que for. Bancos de areia, pântanos, florestas, nativos selvagens... pouquíssimo que um homem civilizado pudesse comer, nada para beber, além da água do Tâmisa. Nada de vinho falerno por aqui, nada de desembarcar. Aqui e acolá um acampamento militar perdido na imensidão, qual agulha no palheiro... frio, nevoeiro, tempestades, doenças, exílio e morte... a morte espreitando no ar, na água, na mata. Devem ter morrido aqui como se fossem moscas. Ah, claro... ele conseguiu. Saiu-se bem, sem dúvida, e sem parar para pensar muito, a não ser mais tarde, talvez, para se gabar do que fizera no passado. Aqueles eram homens capazes de encarar as trevas. E talvez o animasse o fato de ter em vista uma breve promoção para a frota de Ravena, caso contasse com bons amigos em Roma e sobrevivesse ao clima terrível. Ou imaginem um cidadão jovem e honrado, de toga... quiçá por demais chegado aos dados, os senhores sabem... aqui seguindo algum magistrado ou cobrador de impostos, ou mesmo um comerciante, para tentar a sorte. Desembarca num pântano, marcha através da mata e, em algum posto avançado, sente que a selvageria, a selvageria total, o cercou... toda aquela vida misteriosa que palpita no ermo da floresta, nas selvas, nos corações dos selvagens. E tampouco existe iniciação a tais mistérios. Ele tem de viver em meio ao incompreensível, que é também detestável. Mas que também o fascina e o deixa abalado. O fascínio da abominação... os senhores entendem; imaginem os arrependimentos cada vez mais intensos, a vontade de escapar, a inútil repulsa, a capitulação, o ódio.

Fez uma pausa.

— Vejam — recomeçou, estendendo um dos braços a partir do cotovelo, exibindo a palma da mão, de maneira que, com as pernas cruzadas à frente, assumia a postura de um Buda pregando em trajes ocidentais e sem a flor de lótus. — Vejam, nenhum de nós se sentiria exatamente assim. O que nos salva é a eficiência... a devoção à eficiência. Mas aqueles sujeitos, na verdade, não eram grande coisa. Não eram colonizadores; a administração deles era apenas exploração, nada mais, eu desconfio. Eram conquistadores, e para tal basta a força bruta... nada do que se gabar, pois a força é um acidente que decorre da fraqueza dos outros. Agarravam o que podiam, pelo simples fato de estar ali para ser agarrado. Era apenas roubo somado à violência, agravado por assassinato em larga escala, homens avançando às cegas... como convém àqueles que enfrentam as trevas. A conquista da Terra, que no mais das vezes significa tomá-la daqueles que têm a tez diferente e narizes levemente mais achatados do que os nossos, não é coisa bonita, se a examinarmos de perto. Somente a idéia redime. A idéia por trás da coisa; não a pretensão sentimental, mas a idéia; e a crença altruísta na idéia... algo que se pode elevar, diante do que se curvar e fazer uma oferenda...

Interrompeu a fala. Chamas deslizavam dentro do rio, diminutas chamas verdes, chamas vermelhas, chamas brancas, perseguindo, ultrapassando, unindo-se umas às outras — em seguida, separando-se lenta ou rapidamente. O tráfego da grande cidade continuava na profundeza da noite sobre o rio insone. Contemplávamos, aguardando pacientemente — nada poderíamos fazer antes que a maré começasse a vazar; mas, somente após um longo silêncio, quando ele disse, numa voz hesitante — "acho que os senhores se recordam que certa vez fui marinheiro d'água doce" —, percebemos que, até a maré começar a vazar, estávamos fadados a ouvir mais uma das inconclusivas experiências de Marlow.

— Não quero entediá-los com o que se passou comigo pessoalmente — ele começou, demonstrando com a observação a fraqueza de muitos contadores de casos, homens que tantas vezes parecem ignorar o que os ouvintes prefeririam ouvir. — No entanto, para compreender o efeito que aquilo causou em mim, os senhores precisam saber como cheguei lá, o que vi, como subi aquele rio até o lugar onde encontrei o pobre sujeito pela primeira vez. Era o ponto navegável mais remoto, e foi o ponto culminante da minha experiência. Ali parecia que uma espécie de luz irradiava tudo à minha volta... e irradiava a minha mente. Era também bastante sombrio... e deplorável... ainda que nada extraordinário... tampouco muito claro. Não, não muito claro. E, no entanto, parecia irradiar uma espécie de luz.

— Naquela ocasião, conforme os senhores se lembram, eu acabava de voltar a Londres, depois de muito Oceano Índico, Pacífico, Mar da China... uma boa dose de Oriente... mais ou menos seis anos, e vadiava por aí, atrapalhando os senhores no trabalho e invadindo os seus lares, como que incumbido da missão celestial de civilizá-los. Foi muito bom durante algum tempo, mas logo me cansei do ócio. Então, comecei a procurar um navio... para mim a tarefa mais árdua da Terra. Mas os navios sequer olhavam para mim. E me cansei daquela brincadeira também.

— Quando era bem pequeno, tinha paixão por mapas. Ficava horas olhando a América do Sul, ou a África, ou a

Austrália, e me perdia nas glórias da exploração. Naquela época havia na Terra muitos espaços em branco, e, quando via algum que parecia especialmente convidativo no mapa (mas todos assim parecem), eu colocava o dedo ali e dizia, "Quando crescer irei lá". O Pólo Norte era um desses locais, eu me lembro. Bem, ainda não estive lá, e agora nem tentarei fazê-lo. O fascínio acabou. Outros locais espalhavam-se pela Linha do Equador e por todo tipo de latitude, nos dois hemisférios. Estive em alguns deles, e... bem, não vamos falar sobre isso. Mas havia um local... o maior, o mais em branco, por assim dizer... pelo qual eu ansiava.

— É verdade que àquela época o espaço já não estava em branco. Tinha sido preenchido, desde a minha puberdade, com rios e lagos e nomes. Deixara de ser um espaço em branco ou um mistério maravilhoso... um pedaço de terra em branco sobre o qual um menino pudesse ter sonhos de glória. Tornara-se um local tenebroso. Mas havia ali um determinado rio, um rio gigantesco, visível no mapa, fazendo lembrar uma imensa cobra desenrolada, com a cabeça no mar e o corpo em descanso, serpenteando sobre a vastidão, com a ponta da cauda perdida nas profundezas do interior. E quando contemplei o mapa na vitrine de uma loja, ele me fascinou qual uma cobra fascina um pássaro — um passarinho tolo. Então, lembrei-me da existência de uma grande empresa, uma Companhia que comerciava naquele rio. Ora bolas! Pensei com meus botões, não podem comerciar sem algum tipo de barco naquela imensidão d'água doce — barco a vapor! Por que não tentar obter o comando de um barco? Segui adiante, pela Fleet Street, mas não consegui me livrar da idéia. A cobra havia me encantado.

— Era uma empresa com sede no continente, os senhores entendem, a tal sociedade comercial; mas eu tenho muitos conhecidos que vivem no continente, porque é mais barato e não é tão ruim quanto parece, segundo dizem.

— Devo admitir que comecei a importuná-los. Aquilo já constituía, para mim, um novo expediente. Não estava habituado a conseguir coisas daquele jeito, os senhores entendem. Sempre segui o meu próprio caminho, e com as minhas próprias pernas, aonde quisesse ir. Nem eu mesmo podia acreditar naquilo; mas, então... os senhores entendem... decidi que tinha de ir lá, doesse a quem doesse. Por isso os importunei. Então... acreditem se quiserem... recorri às mulheres. Eu, Charlie Marlow, coloquei as mulheres para trabalhar... para que me arrumassem um emprego. Deus! Bem, os senhores entendem, foi a idéia que me impeliu. Eu tinha uma tia, alma querida e entusiástica. Ela escreveu: "Será um prazer. Estou pronta a fazer qualquer coisa, qualquer coisa por você. É uma idéia maravilhosa. Conheço a esposa de um manda-chuva na administração, e também um senhor muito influente junto a..." etc. etc. Estava decidida a não medir esforços para conseguir-me o posto de comandante de um vapor fluvial, se era isso que eu desejava.

— Consegui o posto... é claro; e consegui bem rápido. Constava que a Companhia havia sido notificada de que um de seus capitães fora morto num conflito com nativos. Era a minha chance, e fiquei ainda mais ansioso por partir. Somente meses e meses depois, quando tentei resgatar o que restara do corpo, disseram-me que a briga resultara de um mal-entendido acerca de galinhas. Sim, duas galinhas pretas. Fresleven... esse era o nome do sujeito, um dinamarquês... sentindo-se lesado numa transação, desembarcou e começou a espancar o líder do povoado com um pedaço de pau. Ah, não me surpreendi, absolutamente, com o relato, nem quando me disseram que Fresleven era a criatura mais mansa, mais tranqüila que havia no mundo.

Sem dúvida, era mesmo; mas já fazia alguns anos que ele estava lá, engajado na causa nobre, os senhores entendem, e provavelmente sentiu necessidade de exigir respeito, de um jeito ou de outro. Daí, surrou o velho negro, sem piedade, enquanto uma grande multidão de nativos o observava, atônita, até que um indivíduo... disseram-me que foi o filho do chefe... desesperado ao ouvir os gritos do velho, ensaiou uma estocada com a lança contra o homem branco... e obviamente a arma o atingiu entre as omoplatas. Daí, a população inteira correu para a floresta, receando todo tipo de calamidade, enquanto o vapor comandado por Fresleven também partia em pânico, sob o comando do maquinista, acho eu. Mais tarde, ninguém parecia se incomodar com os restos mortais de Fresleven, até eu chegar para substituí-lo. Mas eu não podia ignorar a questão; e, quando me surgiu uma oportunidade de conhecer meu antecessor, o capim que crescia entre as suas costelas já estava tão alto que lhe escondia os ossos. Estavam todos lá. Ele tombara, mas o ser sobrenatural não tinha sido tocado. E a aldeia se achava deserta, as choupanas enegrecidas e escancaradas, apodrecendo, retorcidas no interior das cercas caídas. Uma calamidade se abatera no local, com certeza. As pessoas haviam desaparecido. Um pavor enlouquecido as dispersara, homens, mulheres e crianças, floresta adentro, e jamais retornaram. E tampouco sei o que foi feito das galinhas. Mas, suponho que a causa do progresso as tenha capturado. Contudo, por meio desse episódio glorioso, obtive meu emprego, antes mesmo de alimentar esperanças de consegui-lo.

— Corri de um lado para o outro, feito um alucinado, para me preparar e, em menos de 48 horas, já estava cruzando o Canal, no intuito de me apresentar aos meus patrões e assinar o contrato. Em poucas horas cheguei a uma cidade que sempre me faz lembrar um túmulo branco. Preconceito, sem dúvida. Não tive dificuldade para localizar a sede da Companhia. Era o maior empreendimento da cidade, e todas as pessoas que eu encontrava só falavam dela. Pretendiam comandar um império ultramarino e ganhar dinheiro com o comércio até dizer chega.

— Uma rua estreita e deserta, numa sombra profunda, casas com pé-direito elevado, incontáveis janelas com venezianas, um silêncio sepulcral, grama brotando entre as pedras, arcos imponentes para acesso de carruagens à direita e à esquerda, imensas e pesadas portas duplas entreabertas. Esgueirei-me por uma daquelas fendas, subi uma escada varrida e sem qualquer adorno, árida como um deserto, e abri a primeira porta que vi. Duas mulheres, uma gorda, a outra magra, estavam sentadas em cadeiras de palha, tricotando lã preta. A magra levantou-se, caminhou diretamente em minha direção... sempre tricotando, os olhos voltados para baixo... e, no momento em que me ocorria a idéia de sair do caminho, ela, como quem desvia de um sonâmbulo, parou e ergueu o olhar. Seu vestido era simples como uma capa de guarda-chuva e, sem dizer uma só palavra, ela deu meia-volta e seguiu à minha frente até uma sala de espera. Informei meu nome e olhei ao redor. Simples mesa de pinho no centro, cadeiras funcionais encostadas nas paredes, ao fundo um grande mapa refletia a luz, desenhado com todas as cores do arco-íris. Havia muito vermelho... sempre uma boa visão, porque sabemos que naqueles locais se trabalha para valer, muito azul, um pouco de verde, borrões alaranjados e, na Costa Leste, um trecho arroxeado, indicando o lugar em que os alegres pioneiros do progresso bebem a alegre cerveja clara. Mas eu não estava indo a nenhum daqueles locais. Meu destino era o amarelo. Bem no meio. E lá estava o rio... fascinante... mortífero... qual uma cobra. Ufa! Uma porta se abriu, apareceu uma cabeça branca de secretário, mas com ar de compaixão, e um dedo indicador magricela me chamou para entrar no santuário. A luz era fraca, e no centro da sala uma pesada escrivaninha se espalhava. Por detrás daquela estrutura surgiu uma imagem pálida e gorducha, vestindo sobrecasaca. O figurão em pessoa. Tinha um metro e setenta de altura, julguei eu, e, pela alça, se agarrava a alguns milhões. Cumprimentou-me, murmurou algo, vagamente, satisfeito com meu francês. *Bon voyage*.

— Cerca de quarenta e cinco segundos depois eu me vi de volta à sala de espera, ao lado do compadecido secretário, que, pleno de desolação e simpatia, me fez assinar um documento. Creio que, entre outras coisas, comprometi-me a não revelar segredos comerciais. Ora, não pretendo fazê-lo.

— Comecei a me sentir um tanto apreensivo. Os senhores sabem que não estou acostumado a essas mesuras, e havia algo ameaçador naquele ambiente. Era como se eu tivesse sido induzido a uma conspiração... sei lá... a alguma coisa errada; e foi um alívio sair dali. Na ante-sala, as duas mulheres tricotavam lã preta num ritmo febril. Algumas pessoas estavam chegando e a mais jovem das duas mulheres andava de um lado para o outro, recepcionando-as. A mais velha continuava sentada. Seus chinelos de pano apoiavam-se num aquecedor, e um gato repousava em seu colo. Ela usava na cabeça uma coisa branca engomada, tinha uma verruga na face, e óculos de armação prateada pendiam-lhe da ponta do nariz. Olhou-me por cima dos óculos. A placidez ágil e indiferente daquele olhar me perturbou. Dois jovens de fisionomia tola e sorridente estavam sendo conduzidos, e ela lhes lançou aquele mesmo olhar ágil de sabedoria e descaso. Parecia saber tudo a respeito deles, e de mim também. Acometeu-me uma sensação lúgubre. A mulher parecia sinistra e profética. Muitas vezes, já longe, pensei naquelas duas, guardando a porta das Trevas, tricotando lã preta, como se fosse para uma cálida mortalha, uma conduzindo, conduzindo sempre ao desconhecido, a outra examinando as fisionomias tolas e sorridentes com velhos olhos de descaso. *Ave!* Velha tricoteira de lã preta! *Morituri te salutant.* Dentre os que ela contemplou, não foram muitos os que tornaram a vê-la... nem a metade deles, de jeito nenhum.

— Faltava uma consulta médica. "Mera formalidade", garantiu o secretário, com ar de quem compartilhava intensamente da minha angústia. Logo, um jovem com o chapéu cobrindo a sobrancelha esquerda, um escriturário, pensei... decerto havia escriturários na firma, embora o prédio estivesse quieto como um cemitério... surgiu de algum lugar do andar superior, a fim de me conduzir. Tinha aspecto desleixado, manchas de tinta nas mangas do paletó e uma gravata grande e encrespada, sob um queixo semelhante ao bico de uma bota velha. Estava cedo para a chegada do médico; portanto, sugeri um trago, e ele se mostrou mais amável. Enquanto tomávamos vermute, ele exaltava os negócios da Companhia, e logo expressei informalmente minha surpresa por ele não ter ido até lá. Imediatamente, mostrou-se bastante frio e contido. "Não sou tão tolo quanto pareço, disse Platão a seus discípulos", ele afirmou, judiciosamente, esvaziando a taça com um gesto decisivo, e levantamo-nos.

— O velho médico tomou-me o pulso, sem dúvida, pensando em outra coisa enquanto o fazia. "Bom, bom para lá", murmurou, e então, com certa ansiedade, perguntou-me se o deixaria medir minha cabeça. Um tanto surpreso, respondi que sim, e ele, empunhando algo que parecia um compasso, obteve as medidas posteriores e anteriores e laterais, e fez anotações minuciosas. Era um homem pequeno, de barba por fazer, trajava um jaleco puído que mais parecia uma capa de chuva e calçava chinelos; julguei que fosse um tolo, inofensivo. "Sempre peço permissão, em nome da ciência, para medir o crânio dos que partem para lá", ele disse. "E quando voltam, também?", perguntei. "Ah, nunca os vejo", ele observou; "e, além do mais, as alterações são internas, o senhor sabe". Sorriu, como de uma piada discreta. "Então, o senhor vai até lá. Fabuloso. Interessante, também." Olhou-me atentamente e fez outra anotação. "Algum caso de loucura na família?", perguntou, num tom pragmático. Fiquei um tanto irritado. "Essa pergunta também é no interesse da ciência?" "Seria", ele disse, sem perceber a minha irritação, "interessante para a ciência observar a alteração mental dos indivíduos *in loco*, mas..." "O senhor é psiquiatra?", interrompi. "Todo médico deveria ser... um pouco", respondeu o excêntrico, sem se perturbar. "Tenho uma teoria em cuja demonstração os senhores, *messieurs*, que vão até lá precisam me auxiliar. Esta é a minha participação nas vantagens que meu país há de auferir da posse de uma colônia tão magnífica. A mera riqueza eu deixo aos outros. Perdoe-me as perguntas, mas o senhor é o primeiro inglês que examino..." De imediato, assegurei-lhe que não era, em absoluto, típico. "Se fosse", eu disse, "não estaria falando com o senhor nesses termos." "O que o senhor diz é bastante profundo e, provavelmente, equivocado", ele disse, rindo-se. "Evite qualquer irritação, mais até do que a exposição ao sol. *Adieu*. Como os senhores ingleses dizem, hein? *Good-bye*. Ah! *Good-bye*. *Adieu*. Nos trópicos, antes de mais nada, é preciso manter a calma." Ergueu o dedo indicador, em sinal de advertência... "*Du calme, du calme. Adieu*".

— Só faltava uma coisa... dizer adeus à minha querida tia. Encontrei-a exultante. Tomei uma xícara de chá... a última xícara de chá decente que tomaria por muitos dias... e, numa sala cujo aspecto aconchegante era aquele que se esperava da sala de visitas de uma senhora, tivemos uma longa e tranqüila conversa ao pé do fogo. No decorrer das confidências, ficou bastante claro para mim que eu fora definido para a esposa do alto dignitário, e Deus sabe para quantas pessoas mais, como uma criatura excepcional e talentosa... um trunfo para a Companhia... um homem que não se consegue recrutar todos os dias. Deus do céu! E eu assumiria o comando de um vaporzinho fluvial que valia dois vinténs e meio, com um apito que valia um vintém! Constava, no entanto, que eu seria um dos Trabalhadores, com letra maiúscula... os senhores sabem. Uma espécie de emissário de luz, uma espécie de apóstolo menor. Havia muita bobagem como essa circulando por impresso e nas conversas àquela época, e a querida mulher, vivendo no meio de todo aquele engodo, deixou-se levar. Ela falou tanto em "livrar de costumes horrendos aqueles milhões de ignorantes", que, eu juro, fiquei bastante constrangido. Cheguei a insinuar que o objetivo da Companhia era o lucro.

— "Você está esquecendo, caro Charlie, que o trabalhador vale quanto pesa", ela disse, com entusiasmo. É estranho como as mulheres se mantêm fora de sintonia com a verdade. Vivem num mundo próprio, e não existe nada semelhante, nem poderá haver. É demasiado belo e, se elas o revelassem, ele se espedaçaria antes do primeiro pôr-do-sol. Qualquer fato abominável com o qual nós homens temos convivido, de bom grado, desde o dia da criação, seria capaz de derrubar a coisa toda.

— Depois disso, fui abraçado, instruído a usar roupa de flanela, escrever com freqüência etc... e parti. Na rua... não sei por que... tive o sentimento estranho de ser um impostor. Estranho que eu, habituado a partir para qualquer lugar do mundo com aviso prévio de apenas vinte e quatro horas, pensando menos a respeito do assunto do que a maioria dos homens ao atravessar uma rua, tenha experimentado um momento de... não direi hesitação, mas de sobressalto, diante daquela questão banal. A melhor explicação que posso dar aos senhores é que, por um ou dois segundos, senti como se, em vez de me dirigir ao centro de um continente, estivesse prestes a partir para o centro da Terra.

— Zarpei num vapor francês que fez escala em tudo que era porto que havia por lá, com o único propósito, até onde pude perceber, de desembarcar soldados e inspetores alfandegários. Eu observava o litoral. Observar o litoral enquanto este desliza ao lado do navio é como refletir sobre um enigma. Ele permanece ali... sorridente, carrancudo, convidativo, grandioso, perverso, insípido ou selvagem, e sempre mudo, com um ar de quem sussurra: "Vem descobrir". Aquele era quase sem feições próprias, como se ainda estivesse sendo criado, com uma aparência de monótona crueldade. A orla de uma selva colossal, de um verde tão escuro que era quase negro, debruada de espuma branca, seguia reta como uma linha traçada por régua, extensa, extensa, ao longo de um mar azul cujo brilho era borrado por uma névoa rastejante. O sol se mostrava feroz, a terra parecia reluzir e gotejar vapor. Aqui e acolá, pontos cinzas e brancos surgiam agrupados na espuma branca, com algo que talvez fosse uma bandeira desfraldada no alto. Povoamentos que remontavam a séculos e que ainda não eram maiores que cabeças de alfinetes na vastidão intocada daquele pano de fundo. Sacudidos, avançávamos, parávamos, desembarcávamos soldados; prosseguíamos, desembarcávamos inspetores alfandegários para cobrar taxas naquele maldito ermo, com um galpão de zinco e um mastro de bandeira ali perdidos; embarcávamos mais soldados... para proteger os inspetores alfandegários, supostamente. Alguns, ouvi dizer, afogavam-se na arrebentação; se era verdade ou não, ninguém parecia se importar. Eram apenas atirados por ali, e seguíamos adiante. O litoral tinha o mesmo aspecto todos os dias, como se não estivéssemos em movimento; mas passamos por vários locais... entrepostos comerciais... dotados de nomes como Gran' Bassam, Little Popo; nomes que pareciam pertencer a alguma sórdida farsa encenada diante de um cenário sinistro. Minha ociosidade de passageiro, meu isolamento entre aqueles homens com os quais não tinha pontos em comum, o mar oleoso e lânguido, a melancolia uniforme do litoral pareciam afastar-me da verdade das coisas, mantendo-me preso à lida de uma ilusão funesta e insensata. A voz das ondas, ouvida de vez em quando, era um prazer positivo, como a fala de um irmão. Era algo natural, provido de razão, provido de sentido. De vez em quando, um barco vindo da costa nos propiciava um contato momentâneo com a realidade. Era remado por negros. Podia-se enxergar de longe o branco dos seus olhos brilhando. Gritavam, cantavam; dos corpos escorria suor; as caras eram como máscaras grotescas... dos tais camaradas; mas tinham ossos, músculos, uma vitalidade selvagem, uma intensa energia de movimento, tão natural e verdadeira quanto a arrebentação ao longo do litoral. Não precisavam de qualquer justificativa para ali estar. Era um grande alívio contemplá-los. Por um momento senti que ainda pertencia a um mundo de fatos concretos; mas a sensação durou pouco. Algo surgiu para espantá-la. Lembro-me que, certa vez, nos deparamos com uma embarcação de guerra fundeada ao largo da costa. No local não havia sequer um galpão, mas o navio bombardeava a praia. Constava que os franceses estivessem engajados em uma de suas guerras por ali. A bandeira pendia vacilante como um trapo; as bocas dos longos canhões de seis polegadas projetavam-se ao longo de todo o casco inferior; a marola oleosa e enlodada erguia e baixava o navio, preguiçosamente, balançando os mastros finos. Naquela imensidão vazia de terra, céu e mar, lá estava o navio, incompreensível, disparando contra um continente. Bum! disparava um dos canhões de seis polegadas; uma chama breve corria e desaparecia, um pouco de fumaça branca logo se dissipava, um projétil diminuto soltava um guincho débil... e nada acontecia. Nada poderia acontecer. Havia no procedimento um toque de insanidade, algo de uma pilhéria lúgubre naquela visão... e que não se desfez quando alguém a bordo me garantiu, falando seriamente, que havia um acampamento de nativos... chamava-os de inimigos!... escondido por ali.

— Entregamos as cartas a ele destinadas (ouvi dizer que os homens daquele navio solitário estavam morrendo de febre numa média de três por dia) e prosseguimos. Aportamos em outros locais com nomes farsescos, onde transcorre a alegre dança da morte e do comércio, numa atmosfera inerte e terrosa qual uma catacumba escaldante; por todo aquele litoral disforme, confinado por uma arrebentação perigosa, como se a própria Natureza tentasse repelir os intrusos; entrando e saindo de rios, correntezas de morte em vida, cujas margens se decompunham em lodo, cujas águas, engrossadas com o limo, invadiam manguezais retorcidos que pareciam agonizar diante de nós, no extremo de um desespero impotente. Em lugar algum nos detivemos o bastante para termos uma impressão detalhada, mas crescia em mim uma sensação geral de vago e opressivo espanto. Era como uma peregrinação fatigante em meio a sinais de pesadelo.

— Mais de trinta dias haviam se passado quando avistei a foz do grande rio. Ancoramos ao largo da sede do governo. Mas meu trabalho só teria início cerca de trezentos e vinte quilômetros adiante. Portanto, logo que pude, rumei para um local quarenta e oito quilômetros rio acima.

— Viajei num pequeno vapor marítimo. O comandante era sueco, e, ao saber que eu era um homem do mar, convidou-me para a cabine de comando. Era jovem, esguio, de tez clara, e taciturno; tinha os cabelos escorridos e o andar arrastado. Ao deixarmos o cais miserável, fez com a cabeça um gesto de desdém: "Esteve morando aí?", perguntou. Eu disse, "Estive". "Esses camaradas do governo são gente boa... não é?", prosseguiu, falando inglês com grande precisão e bastante amargura. "É engraçado o que algumas pessoas se dispõem a fazer por um punhado de francos por mês. O que será que acontece com esses tipos quando seguem mata adentro?" Disse a ele que eu logo saberia. "É-é-é!", exclamou. Arrastou-se até o outro lado, sempre olhando em frente, vigilante. "Não tenha tanta certeza disso", prosseguiu. "Outro dia embarquei um sujeito que se enforcou no caminho. Era sueco também." "Enforcou-se! Por que, em nome de Deus?", gritei. Ele continuou a vigilância. "Quem sabe? O sol foi demais para ele, ou a mata, talvez."

— Finalmente, alcançamos um trecho do rio que seguia uma linha reta. Surgiu um penhasco rochoso, montes de terra revolvida perto da margem, casas numa colina, outras com telhados de ferro, numa área desolada com escavações, ou penduradas na encosta. O ruído ininterrupto de corredeiras rio acima pairava sobre a cena de devastação habitada. Muitas pessoas, a maioria negras e despidas, circulavam qual formigas. Um píer se projetava sobre o rio. De quando em vez, a luz ofuscante do sol inundava tudo aquilo com o súbito ressurgimento do clarão. "Eis o posto da sua Companhia", disse o sueco, apontando três estruturas de madeira, tipo galpão, numa encosta pedregosa. "Mandarei levar suas coisas lá para cima. Quatro caixas, o senhor disse? Então, adeus."

— Deparei-me com uma caldeira chafurdando no capim, e então encontrei uma trilha que subia a colina. Ela desviava das pedras e também de um pequeno vagão de carga, virado com as rodas para cima. Faltava uma. A coisa parecia tão morta quanto a carcaça de um animal. Passei por outras peças de maquinário em decomposição, um monte de trilhos enferrujados. À esquerda, um grupo de árvores formava uma sombra, onde coisas escuras pareciam se mover debilmente. Pisquei os olhos, a trilha era íngreme. Uma sirene soou à direita, e vi os negros correrem. Uma explosão pesada e surda sacudiu o solo, um rolo de fumaça surgiu do rochedo, e nada mais. Nenhuma alteração era visível na superfície da rocha. Estavam construindo uma ferrovia. O rochedo não representava qualquer obstrução, mas aquela detonação sem propósito constituía o único trabalho ali realizado.

— Um leve tilintar atrás de mim fez com que eu virasse a cabeça. Seis negros avançavam em fila, subindo a trilha com dificuldade. Caminhavam eretos e devagar, equilibrando na cabeça pequenos cestos cheios de terra, e o tilintar seguia o ritmo de seus passos. Trapos pretos cobriam-lhes a virilha e, nas costas, as curtas pontas balançavam como rabos. Podia-se enxergar cada costela, as juntas eram como nós atados numa corda; cada homem tinha no pescoço uma argola de ferro, e todos estavam ligados por uma corrente cujos elos balançavam e tilintavam, marcando o ritmo. Outra explosão vinda do rochedo me fez lembrar subitamente o navio de guerra que eu vira disparando contra o continente. Era o mesmo tipo de voz ameaçadora; mas aqueles homens jamais poderiam ser chamados de inimigos. Eram tachados de criminosos, e a lei enfurecida, tal e qual os bombardeios, se abatera sobre eles como um mistério insolúvel proveniente do mar. Todos os peitos magros arfavam ao mesmo tempo, as narinas violentamente dilatadas tremiam, os olhos petrificados se voltavam colina acima. Passaram a quinze centímetros de mim, sem desviar o olhar, com aquela indiferença total e cadavérica dos selvagens miseráveis. Por detrás daquela matéria-prima um dos regenerados, produto das novas forças em ação, caminhava desanimado segurando uma espingarda. Usava o paletó do uniforme, faltando um dos botões, e, ao ver um homem branco na trilha, ergueu a arma ao ombro com entusiasmo. Era uma simples questão de prudência, pois, vistos de longe, homens brancos eram tão parecidos que ele não tinha como saber quem eu era. Logo se tranqüilizou e, com um sorriso largo, branco e canalha, e um olhar de relance para os prisioneiros, pareceu aceitar-me como parceiro em sua exaltada missão. Afinal, eu também fazia parte da grande causa relacionada àqueles procedimentos elevados e justos.

— Em vez de subir, virei-me e desci à esquerda. Minha idéia era esperar que os detentos acorrentados saíssem do meu campo de visão, e então subir o morro. Os senhores sabem que não sou dos mais ternos; já tive de bater e me defender. Já fui obrigado a resistir e atacar... o que, às vezes, é o único meio de resistir... a qualquer custo, dependendo das exigências do tipo de vida no qual me metera. Já vi o demônio da violência, e o demônio da ganância, e o demônio do desejo ardente; mas, por todas as estrelas! Aqueles eram demônios fortes, viris, de olhos avermelhados, demônios que dominavam e instigavam homens... homens, estou lhes dizendo! Porém, de pé naquela encosta, tive a premonição de que, na luminosidade ofuscante daquela terra, conheceria um demônio flácido, dissimulado, de olhar débil, o demônio de uma loucura voraz e impiedosa. O quanto ele seria também insidioso, eu só descobriria muitos meses mais tarde, e mil e seiscentos quilômetros adiante. Por um momento, fiquei aterrorizado, como se a sensação fosse um aviso. Finalmente, desci a encosta, na diagonal, em direção às árvores que havia enxergado.

— Desviei-me de um grande buraco que alguém cavara

na encosta, cujo propósito não pude adivinhar. Em todo caso, não era uma pedreira, nem um poço de areia. Era apenas um buraco. Talvez estivesse relacionado ao desejo filantrópico de dar o que fazer aos criminosos. Não sei. Em seguida, quase caí num desfiladeiro bem estreito, pouco mais que uma cicatriz na encosta do morro. Descobri que muitos canos de drenagem importados para uso do povoado tinham sido atirados lá dentro. Não havia um sequer que não estivesse quebrado. Era uma quebradeira vergonhosa. Afinal, consegui chegar até as árvores. Meu objetivo era andar um pouco à sombra; mas logo achei ter adentrado o círculo sombrio de um inferno. As corredeiras ficavam próximas, e um ruído ininterrupto, uniforme, impetuoso, preenchia o silêncio mortal do arvoredo... onde nenhum sopro se agitava, nenhuma folha se mexia, com um som enigmático... como se o passo furioso da terra rasgada se tornasse subitamente audível.

— Formas negras agachavam-se, deitavam-se e sentavam-se entre as árvores, recostadas nos troncos, agarradas à terra, metade do corpo visível, metade obliterada na penumbra, em atitudes de dor, abandono e desespero. Outro explosivo espocou no rochedo, seguido de um leve tremor do solo sob meus pés. O trabalho prosseguia. O trabalho! E aquele era o local aonde os ajudantes se retiravam para morrer.

— Estavam morrendo aos poucos... isso era óbvio. Não eram inimigos, não eram criminosos, já não eram seres terrenos... não passavam de espectros negros de doença e fome, jazendo perplexos naquela escuridão esverdeada. Trazidos de todos os cantos do litoral, dentro da legalidade total dos contratos temporários, perdidos em ambientes hostis, alimentados com comida estranha, adoeciam, tornavam-se ineficientes e, então, obtinham permissão para rastejar até ali e descansar. Aquelas formas moribundas estavam livres como o ar... e quase tão lânguidas. Comecei a perceber o brilho de olhos sob as árvores. Em seguida, olhando para baixo, vi uma cara próxima à minha mão. Ossos negros se estiravam, com um dos ombros apoiados numa árvore; lentamente, as pálpebras se ergueram e olhos fundos me fitaram, enormes e vazios, uma piscadela cega e branca no fundo de órbitas que morriam pouco a pouco. O homem parecia jovem... quase um menino... mas, os senhores sabem, é difícil saber a idade deles. Não soube o que fazer, senão oferecer-lhe um dos biscoitos que trouxera do navio do sueco e guardara no bolso. Os dedos fecharam-se devagar sobre o biscoito e o seguraram... não houve qualquer outro movimento, nem qualquer outro olhar. Ele tinha amarrado uma tira de lã branca ao pescoço... por quê? Onde teria conseguido aquilo? Seria uma insígnia... um enfeite... um amuleto... um gesto de paz? Haveria alguma idéia por detrás daquilo? Era surpreendente, aquele pedaço de lã branca, advindo do além-mar, em volta do pescoço dele.

— Perto da mesma árvore, mais dois feixes de ângulos agudos sentavam-se com as pernas encolhidas. Um, com o queixo apoiado nos joelhos, olhava o nada, num gesto insuportável e horripilante: seu irmão espectral descansava apoiando a testa, como que vencido pela exaustão; e, por todo lado, outros se espalhavam, em diversas posições contorcidas e prostradas, como numa cena de massacre ou peste. Enquanto eu permanecia ali, paralisado pelo horror, uma das criaturas ergueu-se e se pôs de quatro, e assim foi beber no rio. Para tal usou a mão, em formato de cuia, e depois sentou-se ao sol, cruzando as canelas à frente do corpo; logo, sua carapinha desfaleceu sobre o tórax.

— Não quis mais me demorar ali na sombra, e apressei-me rumo ao posto. Próximo aos prédios, encontrei um homem branco, trajado com tamanha elegância que, num primeiro momento, tomei-o por alguma visão. Vi um colarinho alto e engomado, punhos brancos, um paletó de alpaca fina, calças brancas como a neve, gravata limpa e botas lustradas. Sem chapéu. Cabelo partido, escovado, untado, embaixo de um guarda-sol de forro verde, seguro por uma grande mão branca. Era impressionante, e tinha um porta-caneta atrás da orelha.

— Apertei a mão daquele milagre, fiquei sabendo que era o contador-chefe da Companhia, e que todo o trabalho contábil era feito naquele posto. Ele tinha saído por um momento, segundo me disse, "para tomar um pouco de ar fresco". A expressão soou tão fabulosa quanto estranha, sugerindo vida sedentária diante de uma escrivaninha. Eu nem mencionaria esse sujeito para os senhores, não fosse o fato de que foi dos lábios dele que ouvi pela primeira vez o nome do homem indissoluvelmente ligado às lembranças daquele tempo. Além do mais, o camarada me inspirou respeito. Isso mesmo; respeitei-lhe o colarinho, os punhos largos, o cabelo penteado. Parecia, com toda certeza, um manequim de cabeleireiro; mas, em meio à grande desmoralização do local, ele foi capaz de manter a boa aparência. Isso é determinação. O colarinho engomado e os peitilhos elegantes eram demonstrações de caráter. Fazia quase três anos que estava lá; e, tempos depois, não me contive e lhe perguntei como havia conseguido exibir roupas como aquelas. Apenas corou levemente e disse, com modéstia, "venho treinando uma das nativas do posto. Foi difícil. O trabalho a desagrada". Assim, aquele homem havia realizado algo. E era dedicado a seus livros, que se achavam na mais perfeita ordem.

— A confusão no posto era geral... pessoas, coisas, obras. Filas de negros empoeirados e com pés chatos chegavam e partiam; uma torrente de produtos manufaturados, algodão ordinário, contas e arame de latão seguiam para as profundezas das trevas e, em troca, retornava um precioso filete de marfim.

— Tive de esperar dez dias no posto... uma eternidade. Alojei-me numa choupana no pátio, mas, para escapar do caos, às vezes entrava na sala do contador. Era construída de tábuas horizontais tão mal-encaixadas que, quando ele se inclinava sobre a escrivaninha, ficava marcado da cabeça aos pés com listrinhas formadas pela luz do sol. Não era preciso abrir a grande veneziana para iluminar a sala. E fazia calor na sala, também; moscas grandes zumbiam enfurecidas, e não picavam... apunhalavam. Eu costumava sentar no chão, enquanto ele, com aparência impecável (até levemente perfumado), empoleirado numa banqueta alta, escrevia e escrevia. De vez em quando, levantava-se para se exercitar. Quando introduziram na sala uma cama de lona com um doente (algum agente inválido vindo da região rio acima), mostrou-se ligeiramente incomodado. "Os gemidos deste doente", ele disse, "atrapalham a minha concentração. E sem concentração é extremamente difícil evitar erros contábeis neste clima."

— Certo dia, ele comentou, sem levantar a cabeça, "no interior o senhor sem dúvida vai conhecer Sr. Kurtz". Quando perguntei quem era Sr. Kurtz, ele disse que se tratava de um agente de primeira classe; e, ao ver a minha decepção diante da resposta, acrescentou, devagar, largando a caneta, "é uma pessoa notável". Perguntas subseqüentes obtiveram dele respostas de que Sr. Kurtz era, naquele momento, responsável por um importante posto comercial na verdadeira região do marfim, "lá nos confins. Despacha tanto marfim quanto todos os demais somados..." Voltou a escrever. O homem enfermo estava mal demais para gemer. As moscas zumbiam numa grande paz.

— De súbito, ouviu-se um crescente murmúrio de vozes e o barulho de pés batendo no chão. Uma caravana havia chegado. Uma violenta algazarra de sons ásperos eclodiu do outro lado da parede de tábuas. Os carregadores falavam todos ao mesmo tempo e, em meio ao alvoroço, ouvia-se a voz queixosa do chefe dos agentes, "entregando os pontos", pela vigésima vez naquele dia... Levantou-se devagar. "Que bate-boca horrível", ele disse. Atravessou a sala, com passos suaves, para olhar o enfermo e, ao voltar, disse-me: "Ele não está ouvindo". "Quê! Morreu?", perguntei, assustado. "Não, ainda não", ele respondeu, com dignidade. Em seguida, referindo-se, com um gesto de cabeça, ao tumulto no pátio do posto, disse, "para quem tem de fazer registros contábeis corretos, esses selvagens são detestáveis... detestáveis até a morte". Permaneceu pensativo por um momento. "Quando o senhor encontrar o Sr. Kurtz", prosseguiu, "diga-lhe, da minha parte, que tudo aqui"... olhou em direção à escrivaninha... "está em ordem. Não gosto de escrever a ele... com esses nossos mensageiros nunca se sabe em que mãos a carta vai parar... ao chegar lá no Posto Central." Fitou-me, por um instante, com aqueles olhos ternos e arregalados. "Ah, ele vai longe, muito longe", recomeçou. "Em breve será alguém na Administração. Eles, lá em cima... o Conselho, na Europa, o senhor sabe... querem que ele suba."

— Voltou-se para o trabalho. O barulho lá fora havia parado; ao sair, detive-me à porta. Em meio ao zumbido constante das moscas, o agente que voltava à pátria jazia avermelhado e insensível; o outro, debruçado sobre os livros, fazia registros corretos de transações perfeitamente corretas; e a quinze metros abaixo do degrau da porta eu contemplava as copas serenas das árvores do bosque da morte.

— No dia seguinte, finalmente, deixei o posto, com uma caravana de sessenta homens, para uma caminhada de trezentos e vinte quilômetros.

— De nada adianta dar-lhes detalhes da viagem. Trilhas, trilhas por toda parte; uma rede de trilhas de terra batida que se espalhava pela região deserta, pela mata alta, pela mata queimada, pela mata fechada, subindo e descendo barrancos de arrepiar, subindo e descendo morros pedregosos, flamejantes de calor; e uma solidão, uma solidão, ninguém, nenhuma choupana. A população debandara havia muito tempo. Bem, se um bando de negros misteriosos, armados com tudo o que é arma assustadora, de repente, começasse a trafegar entre Deal e Gravesend, obrigando os camponeses, a torto e a direito, a transportar fardos pesados, suponho que todas as fazendas e choupanas da região logo estariam desabitadas. Só que ali até as próprias habitações também haviam desaparecido. Passei por diversas aldeias abandonadas. Existe algo de infantil e patético nas ruínas de paredes de palha. Dia após dia, os passos arrastados de sessenta pares de pés descalços atrás de mim, cada par sob uma carga de quase trinta quilos. Acampar, cozinhar, dormir, levantar acampamento, marchar. De vez em quando, um carregador morto em pleno trabalho, descansando na mata ao lado da trilha, com a cabaça d'água vazia e o cajado atirados ao lado. Um grande silêncio em torno e acima. Talvez, numa noite calma, o bater de tambores distantes, diminuindo, aumentando, um bater demorado, fraco; um som estranho, sedutor, sugestivo e selvagem... e talvez com um significado tão profundo quanto o de sinos num país cristão. Certa vez, um homem branco, com o uniforme desabotoado, acampava na trilha com uma escolta armada de zanzibaris magricelas, hospitaleiros e festivos... para não dizer, bêbados. Cuidava da manutenção da estrada, ele declarou. Não posso dizer que vi qualquer estrada, nem qualquer manutenção, a não ser que o cadáver de um negro de meia-idade, com um buraco de bala na testa, no qual tropecei, literalmente, cinco quilômetros adiante, possa ser considerado benfeitoria. Eu tinha também um companheiro branco; não era mau sujeito, mas um tanto obeso e chegado ao hábito exasperante de desmaiar nas encostas ensolaradas, a quilômetros de qualquer sombra ou água. É desagradável, os senhores entendem, ter de segurar o paletó como um guarda-sol sobre a cabeça de um camarada, enquanto ele volta a si. Não pude deixar de perguntar, certa vez, por que ele decidira ir para um lugar daqueles. "Para ganhar dinheiro, é claro. O que o senhor acha?", ele disse, com desprezo. Então, teve uma febre e precisou ser carregado numa rede amarrada a uma vara. Como ele pesava cem quilos, minhas brigas com os carregadores não tinham fim. Faziam corpo mole, fugiam, escapavam com mantimentos de madrugada... um verdadeiro motim. Então, uma noite, fiz um discurso em inglês, com muitos gestos, nenhum dos quais passou despercebido pelos sessenta pares de olhos à minha frente, e, na manhã seguinte, determinei que a rede seguisse na frente. Uma hora depois, deparei-me com a geringonça naufragada numa moita... homem, rede, gemidos, mantas, um horror. A vara pesada havia esfolado o pobre nariz. Ele exigia que eu matasse alguém, mas não havia nem sombra dos carregadores. Lembrei-me do velho médico... "Seria interessante para a ciência observar a alteração mental dos indivíduos *in loco*." Senti que estava me tornando cientificamente interessante. Mas, nada disso vem ao caso. No décimo quinto dia voltei a avistar o grande rio, e entrei cambaleando no Posto Central. Ficava num remanso cercado pelo matagal e pela floresta, com uma bela margem de lodo fedorento num dos lados e, nos outros três, fechado por uma cerca irregular feita de junco. Uma brecha esquecida servia como único portão, e o primeiro olhar já bastava para se ver que o diabo balofo comandava o show. Homens brancos, com aspecto debilitado, surgiram dentre os prédios carregando longos cajados, aproximando-se para me ver, e logo sumiram dali, indo para algum lugar. Um deles, sujeito troncudo e agitado, de bigodes pretos, informou-me, com loquacidade e muitas digressões, assim que lhe disse quem eu era, que meu vapor estava no fundo do rio. Fiquei boquiaberto. Quê? Como? Por quê? Ah, "tudo bem". O "próprio Gerente" estava lá. Tudo muito correto. "Todos se comportaram maravilhosamente! Maravilhosamente!"... "O senhor precisa", ele disse, agitado, "se apresentar ao Gerente geral imediatamente. Ele está esperando!"

— No primeiro momento, não percebi o verdadeiro significado do naufrágio. Talvez o perceba agora, mas não tenho certeza... não tenho mesmo. É certo que a coisa foi estúpida demais... pensando bem... para ter sido natural. Ainda assim... Mas, naquele momento, a coisa se apresentava apenas como um malfadado contratempo. O vapor afundara. Dois dias antes, eles haviam partido rio acima, ás pressas, com o Gerente a bordo, comandados por um capitão improvisado; antes de três horas, conseguiram arrancar o fundo do barco, batendo contra pedras, e a embarcação afundou perto da margem sul. Perguntei-me o que faria ali, agora que perdera meu barco. Na realidade, tinha muito que fazer, para resgatar minhas ordens de dentro do rio. Precisava começar já no dia seguinte. Isso e os reparos, depois que levei os pedaços para o posto, levaram alguns meses.

— Minha primeira entrevista com o Gerente foi curiosa. Ele não me convidou a sentar, depois da marcha de trinta e dois quilômetros que eu fizera naquela manhã. Tinha aparência, traços, gestos e voz comuns. Sua estatura era mediana e a constituição normal. Os olhos, de um azul corriqueiro, eram talvez excepcionalmente frios, e não havia dúvida de que era capaz de fazer seu olhar cair sobre um indivíduo com o corte e o peso de um machado. Mas, mesmo nesses momentos, o restante da pessoa dele parecia negar tal intenção. Fora isso, havia em seus lábios uma expressão leve e indefinível, algo furtiva... um sorriso... não era o sorriso... eu me lembro, mas não consigo explicar. Era inconsciente, aquele sorriso, embora, logo depois de ele dizer algo, o tal sorriso se intensificava por um instante. Surgia no final das falas, como um selo aplicado às palavras, a fim de tornar absolutamente inescrutável o sentido da mais banal das frases. Era um comerciante comum, desde a juventude empregado naquelas bandas... nada mais. Era obedecido, mas não inspirava afeto nem respeito. Inspirava constrangimento. Isso, sim! Constrangimento. Não uma total desconfiança... apenas constrangimento... nada mais. Os senhores não fazem idéia como essa... essa... faculdade pode ser eficaz. Ele não tinha qualquer capacidade de organização, iniciativa ou até mesmo de comando. Isso ficava evidente, por exemplo, diante do estado deplorável do posto. Não tinha instrução, nem inteligência. Ganhara o cargo... por quê? Talvez porque jamais adoecesse... Havia servido ali três mandatos de três anos... Porque saúde de ferro, quando as demais constituições fracassam, é em si uma espécie de poder. Quando tirava licença e voltava à pátria, criava muito caso... orgulhosamente. Era como marinheiro desembarcado... com uma diferença... na aparência apenas. Isso se podia notar pela sua conversa informal. Não era capaz de criar nada; apenas mantinha a rotina em movimento... só isso. Mas era extraordinário. Era extraordinário apenas por um detalhe: era impossível saber o que controlava aquele homem. Jamais revelava o segredo. Talvez fosse vazio por dentro. Tal suspeita era o que nos detinha... já que ali não havia repressão externa. Certa ocasião, quando diversas doenças tropicais haviam prostrado quase todos os "funcionários" do posto, ouviram-no dizer: "Os homens que vêm para cá não deveriam ter intestinos". Selou a afirmação com aquele sorriso, como se fosse a porta de acesso às trevas das quais era guardião. Parecia uma miragem... mas o selo estava lá. Irritado durante as refeições com a rixa constante dos brancos para ver quem se servia primeiro, mandou fazer uma grande mesa redonda, para a qual foi necessário construir uma casa especial. O refeitório do posto. O lugar dele era o primeiro... os demais não tinham designação. Percebia-se ser inabalável aquela convicção. Não era nem civil nem incivil. Era calado. Permitia ao "menino" que o atendia... um jovem negro, gordo, trazido do litoral... tratar os brancos, diante do nariz do chefe, de modo provocador e insolente.

— Começou a falar assim que me viu. Eu tinha demorado muito tempo na estrada. Ele não pôde esperar. Teve de iniciar sem mim. Os homens dos postos situados rio acima precisavam ser substituídos. A demora tinha sido tamanha, que ele já não sabia quem estaria vivo ou morto, ou como estavam sobrevivendo... etc. etc. Não prestou atenção às minhas explicações e, brincando com um bastão de cera para lacrar documentos, repetiu, diversas vezes, que a situação era "muito grave, muito grave". Diziam que um posto muito importante corria perigo, e que o chefe, o Sr. Kurtz, estava doente. Ele esperava que não fosse verdade. O Sr. Kurtz estava... Eu me sentia exausto e irritado... Para o diabo com Kurtz, pensei. Interrompi-o, dizendo que ouvira falar do Sr. Kurtz no litoral. "Ah! Então falam dele por lá?", murmurou consigo mesmo. Em seguida, recomeçou, afirmando que o Sr. Kurtz era seu melhor agente, um homem excepcional, de extrema importância para a Companhia; por conseguinte, pude entender a ansiedade que ele demonstrava. Disse que estava, "muito, muito apreensivo". Sem dúvida, agitava-se na cadeira e exclamou, "Ah! o Sr. Kurtz!", quebrou o bastão de cera e se mostrou perplexo com o acidente. Depois quis saber "quanto tempo levaria para...", interrompi-o novamente. Com fome, os senhores entendem, e sem ter sido convidado a sentar, estava me tornando selvagem. "Como vou saber?", eu disse,

"Ainda nem vi o que restou do naufrágio... alguns meses, sem dúvida". Toda aquela conversa me parecia inútil. "Alguns meses", ele disse. "Bem, digamos três meses até podermos partir. Sim. Isso deve ser o suficiente para resolver a questão". Saí em disparada do casebre (ele vivia sozinho num casebre de barro, com uma espécie de varanda), murmurando para mim mesmo o que achava dele. Era um tagarela idiota. Mais tarde voltei atrás, quando me surpreendi diante da exatidão com que ele previra o tempo necessário para resolver a "questão".

— Lancei-me ao trabalho no dia seguinte, virando as costas, por assim dizer, ao posto. Somente com tal atitude, eu supunha, seria possível controlar o que existia de importante na vida. Contudo, às vezes é preciso olhar ao redor; e então vi aquele posto, aqueles homens vagando pelo pátio ensolarado. Às vezes eu me perguntava o que aquilo tudo significava. Andavam para lá e para cá, empunhando os tais cajados absurdos, como um grupo de peregrinos infiéis enfeitiçados no interior de um cercado podre. A palavra "marfim" pairava no ar, sussurrada, suspirada. Eles pareciam rezar para ela. O toque de uma ganância imbecil soprava por ali, como o cheiro de um cadáver. Por Júpiter! Jamais vira nada tão irreal na minha vida. E, mais além, a selva silenciosa que cercava aquele ponto aberto na terra impressionou-me como algo grande e invencível, como o mal ou a verdade, aguardando pacientemente o desaparecimento daquela fantástica invasão.

— Ah, que meses aqueles! Bem, deixa para lá. Muitas coisas aconteceram. Certa noite, uma choupana de palha repleta de morim, algodão estampado, contas, e sei lá mais o quê, irrompeu em labaredas tão subitamente que parecia que a terra se abrira para que um fogo vingador consumisse todo aquele lixo. Eu fumava meu cachimbo, tranqüilamente, ao lado das peças do meu vapor, olhando os saltos que eles davam diante do clarão, com os braços erguidos, quando o homem troncudo e de bigodes chegou correndo ao rio, segurando um balde de lata, assegurou-me que todos estavam se "comportando maravilhosamente, maravilhosamente", encheu o balde com mais ou menos um quarto d'água e saiu correndo de volta. Notei que havia um furo no fundo do balde.

— Subi caminhando até lá. Não havia pressa. A coisa tinha queimado qual uma caixa de fósforos. Desde o primeiro momento, não havia o que fazer. As chamas haviam saltado a grande altura, afastando todo mundo, incendiando tudo... e logo se extinguiram. A choupana era agora um monte de brasas incandescentes. Perto dali, um negro era espancado. Diziam que ele havia de algum modo causado o fogo; seja como for, dava guinchos horrendos. Voltei a vê-lo depois, por vários dias, sentado numa pequena sombra, parecendo estar muito doente e tentando se recuperar: então, levantou-se e se foi... e a selva, sem emitir qualquer som, abraçou-o novamente. Aproximando-me da luminosidade, saindo da escuridão, vi-me atrás de dois homens que conversavam. Ouvi o nome de Kurtz sendo pronunciado, e depois as palavras "aproveite este acidente lamentável". Um dos dois homens era o Gerente. Dei-lhe boa-noite. "O senhor já viu algo assim... hein? É incrível", ele disse, e se afastou. O outro permaneceu. Era um agente de primeira classe, jovem, polido, um tanto reservado, com barba bifurcada e nariz adunco. Mantinha-se distante dos demais agentes, e estes, por sua vez, diziam que ele era espião do Gerente. Quanto a mim, mal lhe dirigira a palavra até então. Começamos a conversar e, pouco depois, afastamo-nos das ruínas sibilantes. Ele então me convidou ao seu quarto, que ficava no prédio principal do posto. Acendeu um palito de fósforo, e percebi que aquele jovem aristocrata não só possuía um estojo de toucador com moldura de prata, como também uma vela só para si. Naquele momento, o Gerente era o único homem a ter direito a velas. Esteiras nativas cobriam as paredes de barro; uma coleção de lanças, azagaias, escudos e facas pendiam como troféus. A tarefa confiada àquele sujeito era a fabricação de tijolos... assim eu fora informado; mas não existia sequer um caco de tijolo no posto, e ele já estava lá havia mais de um ano... aguardando. Supostamente, não podia fabricar tijolos sem algo, sei lá o quê... palha, talvez. Em todo caso, o produto não existia na região e, como era improvável que fosse enviado da Europa, eu não conseguia entender o motivo da espera dele. Talvez esperasse por um ato da criação. Contudo, todos estavam esperando... todos os dezesseis ou vinte peregrinos... pela chegada de algo; e, palavra de honra, a ocupação não parecia desagradável, não da maneira como eles a encaravam, ainda que por ali só chegasse doença... conforme fui capaz de perceber. Passavam o tempo falando mal e fazendo intriga uns dos outros, uma tolice. Havia no posto uma atmosfera de conspiração, mas que em nada resultava, é claro. Era tão irreal quanto tudo o mais... tanto quanto a pretensão filantrópica da empreitada, quanto a conversa deles, a administração, o suposto trabalho. O único sentimento real era o desejo de ser designado para um posto comercial que explorasse marfim, onde fosse possível auferir percentagens. Falavam mal e caluniavam e odiavam uns aos outros apenas por isso... mas, quanto a erguer um dedo sequer... Ah, isso não! Por Deus! Existe algo afinal neste mundo que permite que um homem roube um cavalo enquanto outro não pode sequer olhar para um cabresto. Roubar um cavalo, sem subterfúgio. Muito bem. Ele conseguiu. Talvez saiba cavalgar. Este mundo permite que um homem roube um cavalo, mas existe um jeito de olhar para um cabresto que provoca o mais caridoso dos santos a dar um pontapé.

— Não sei por que ele era tão agradável, mas, enquanto conversávamos, de repente, percebi que o sujeito tentava chegar a algum ponto... na verdade, me interrogando. Referia-se constantemente à Europa, às pessoas que eu supostamente conhecia lá... fazendo perguntas insinuantes acerca das minhas relações de amizade na cidade sepulcral, e assim por diante. Seus olhos pequeninos brilhavam como discos de mica... tamanha era a curiosidade... embora ele tentasse manter um certo ar de altivez. A princípio surpreendi-me, mas logo fiquei bastante curioso para saber o que ele queria descobrir por meu intermédio. Eu sequer imaginava o que em mim poderia interessá-lo. Era fascinante ver como ele se enganava, pois a verdade era que no meu corpo ele só encontraria calafrios, e na minha cabeça existia tão-somente a questão daquele maldito vapor. Era óbvio que me tomava por um perfeito e desavergonhado corrupto. Finalmente, irritou-se e, para disfarçar um gesto de desagrado e fúria, bocejou. Levantei-me. Então, notei um pequeno esboço a óleo, sobre um painel, representando uma mulher envolta em tecido drapeado e olhos vendados, portando uma tocha acesa. O fundo era sombrio... quase negro. A postura da mulher era imponente e o reflexo da tocha sobre o rosto era sinistro.

— A tela me fez parar um instante, e ele se pôs de lado, educadamente, segurando uma garrafa de meio litro de champanha vazia (um agrado medicinal), com a vela enfiada no gargalo. Diante da minha indagação, disse que o Sr. Kurtz pintara aquilo... naquele mesmo posto, mais de um ano atrás... enquanto aguardava um meio de seguir até o posto comercial que estava a seu encargo. "Diga-me, por favor", eu disse, "quem é esse Sr. Kurtz?"

— "O chefe do Posto Avançado", ele respondeu, falando baixo, desviando o olhar. "Muito obrigado", eu disse, rindo. "E o senhor é o fabricante de tijolos do Posto Central. Todo mundo sabe disso." Ele permaneceu calado por um momento. "É um prodígio", disse afinal. "É um emissário da compaixão, da ciência, do progresso e só o diabo sabe do quê mais." "Necessitamos", ele começou, subitamente, a declamar, "para conduzir a causa que nos foi incumbida pela Europa, digamos, de uma inteligência superior, muita compreensão, unidade de propósito." "Quem disse isso?", perguntei. "Muitos deles", ele respondeu. "Alguns chegam a expressar isso por escrito; e então, *ele* vem para cá, um ser especial, conforme o senhor já deve saber". "Por que devo saber?", interrompi-o, deveras surpreso. Ele não prestou atenção. "Isso mesmo. Hoje ele é o chefe do melhor posto, ano que vem será Assistente de Gerente, dois anos mais tarde... ouso dizer que o senhor sabe o que ele será daqui a dois anos. O senhor pertence à nova gangue... à gangue da virtude. As mesmas pessoas que enviaram o Sr. Kurtz para cá recomendaram o senhor. Ah, não diga que não. Confio nos meus próprios olhos." Fez-se então a luz. Os amigos influentes da minha querida tia estavam produzindo naquele jovem um efeito inesperado. Quase explodi numa gargalhada. "O senhor lê a correspondência confidencial da Companhia?", perguntei. Ele não foi capaz de dizer uma única palavra. Foi muito divertido. "Quando o Sr. Kurtz for Gerente Geral", prossegui com severidade, "o senhor não terá mais a chance de fazê-lo."

— Ele soprou a vela, de súbito, e saímos. A lua havia despontado. Vultos negros perambulavam apaticamente, jogando água no braseiro, que emitia um som sibilante; a fumaça ascendia ao luar, o negro espancado gemia num canto qualquer. "Que alarde faz aquela besta!", disse o bigodudo incansável, surgindo perto de nós. "Bem-feito. Transgressão... castigo... pronto! Sem dó, sem dó. É o único jeito. Isso vai evitar outras encrencas no futuro. Eu acabava de dizer ao Gerente..." Notou a presença do meu companheiro e logo ficou cabisbaixo. "Nada de cama ainda", ele disse, com um entusiasmo meio servil; "É natural. Ah! Perigo... agitação." E desapareceu. Fui até a beira do rio, e o outro me seguiu. Ouvi um murmúrio mordaz ao pé do ouvido, "bando de fracassados... haja paciência!" Era possível avistar os peregrinos, em grupos, gesticulando, discutindo. Muitos ainda seguravam os cajados. Acredito mesmo que levassem aqueles paus para a cama. Para além do cercado, a floresta se erguia como um espectro ao luar e, em meio àquele alvoroço sombrio, em meio aos sons débeis daquele pátio lastimável, o silêncio da terra calava fundo no coração... com seu mistério, sua grandiosidade, com a espantosa realidade da vida ali camuflada. O negro ferido gemeu baixo em algum lugar ali perto, e deu um suspiro tão profundo que me fez apertar o passo e sair dali. Senti que a mão de alguém se enfiava sob meu braço. "Meu caro senhor", disse o sujeito, "não quero ser mal interpretado, muito menos pelo senhor, que vai se encontrar com o Sr. Kurtz muito antes de eu ter semelhante prazer. Não quero que ele tenha uma falsa idéia da minha intenção..."

— Deixei-o prosseguir, aquele Mefistófeles de *papier-maché*, e cheguei a achar que, se o atravessasse com meu dedo indicador, nada encontraria dentro dele, a não ser, talvez, um pouco de terra. Ele, os senhores percebem, planejara se tornar Assistente de Gerente ainda na gestão atual, e pude logo perceber que a chegada do tal Kurtz havia atrapalhado a ambos. Ele falava sem parar, e não tentei detê-lo. Ali fiquei, com os ombros apoiados nos destroços do meu vapor, arrastado encosta cima como a carcaça de um grande animal fluvial. Um cheiro de lodo, de um lodo primevo... por Júpiter!.. penetrava em minhas narinas, o grande silêncio da selva primeva surgia diante dos meus olhos; havia pontos luminosos na correnteza negra. A lua espalhara sobre tudo uma fina camada de prata... sobre o capim fétido, sobre a muralha de vegetação emaranhada, mais alta que a parede de um templo, sobre o grande rio que eu via cintilar através de uma brecha obscurecida, cintilando enquanto fluía, largo e calado. Tudo aquilo era grande, prodigioso, quieto, enquanto o homem não parava de tagarelar sobre si mesmo. Perguntei-me se o silêncio daquela imensidão que nos contemplava seria um chamado ou uma ameaça. Quem éramos nós que havíamos ali nos isolado? Seríamos capazes de dominar aquela coisa muda, ou seria ela que nos dominaria? Senti como era vasta, como era terrivelmente vasta, aquela coisa que não falava, e que talvez fosse também surda. O que haveria no seu interior? Eu visualizava um pouco de marfim saindo dali, e ouvira dizer que o Sr. Kurtz estava lá. E já ouvira o bastante acerca do assunto... só Deus sabia! No entanto, de certo modo, a coisa não trazia consigo nenhuma imagem... nem que me dissessem que um anjo ou um demônio estava lá dentro. Eu acreditava naquilo assim como um dos senhores talvez acredite haver habitantes no planeta Marte. Conheci um escocês, fabricante de velas náuticas, que tinha certeza, certeza absoluta, de que havia gente em Marte. Se perguntado acerca da aparência ou do comportamento dessa gente, ele se acanhava e resmungava algo sobre "caminham de quatro". Se a pessoa esboçasse um sorriso, ele se dispunha... embora tivesse sessenta anos... a sair no braço. Eu não chegaria a ponto de brigar por Kurtz, mas quase menti por ele. Os senhores sabem que odeio, detesto, não tolero mentira; não por ser mais correto que ninguém, mas porque mentira, simplesmente, me deixa consternado. Existe na mentira um cheiro de morte, um sabor de mortalidade... que é exatamente o que odeio e detesto no mundo... e o que gostaria de esquecer. É algo que me deixa enojado e doente, como dar uma mordida numa coisa podre. Temperamento, suponho. Bem, cheguei bem perto dela, ao permitir que aquele bobão imaginasse coisas acerca da minha influência na Europa. Num instante, tornei-me uma fraude, como o bando de peregrinos enfeitiçados. Simplesmente porque achava que isso, de algum modo, seria útil ao tal Kurtz, que à época eu ainda nem conhecia... os senhores entendem. Ele era apenas uma palavra para mim. Eu não enxergava o homem no nome, assim como os senhores não o enxergam. Os senhores o enxergam? Enxergam a história? Enxergam seja lá o que for? Parece que estou tentando lhes relatar um sonho... esforço em vão, porque nenhum relato de sonho pode expressar a sensação do sonho, aquela mescla de absurdo, surpresa e estupefação, em meio a um tremor de revolta incontida, a noção de ser capturado pelo incrível que vem a ser a essência dos sonhos...

Calou-se um instante.

— ... Não, é impossível; é impossível expressar a sensação vital de qualquer época da nossa existência... aquilo que confere verdade, sentido à existência... sua essência sutil e penetrante. É impossível. Vivemos conforme sonhamos... sozinhos...

Detém-se novamente, como se estivesse refletindo, e acrescentou:

— É claro que, quanto a isso, os senhores podem ver mais do que eu podia então. Podem ver a mim, e me conhecem...

A noite se tornara tão escura que nós, ouvintes, mal podíamos nos ver uns aos outros. Fazia tempo que ele, sentado a distância, já não passava de uma voz para nós. Ninguém dizia uma palavra sequer. Os demais talvez tivessem adormecido, mas eu estava acordado. Apurei o ouvido, apurei o ouvido aguardando a frase, a palavra que me desse a pista do leve desconforto inspirado por aquela narrativa que parecia se formar sem lábios humanos, no ar noturno e pesado do rio.

— ... Sim... deixei-o tagarelar — Marlow reiniciou — e pensar o que quisesse sobre as forças ocultas por trás de mim. Deixei mesmo! E atrás de mim não havia nada! Não havia nada, além daquele vapor miserável, velho e destroçado no qual me recostava, enquanto ele discorria acerca da "necessidade que todo homem tem de progredir". "E, quando alguém vem para cá, o senhor sabe, não é para ficar olhando a lua." O Sr. Kurtz era um "gênio universal", mas mesmo um gênio trabalharia com mais facilidade provido de "ferramentas adequadas... homens inteligentes". Ele não fabricava tijolos... porque havia de fato uma impossibilidade física... conforme eu bem sabia; e, se ele fazia trabalho de secretário para o Gerente, era porque "nenhum homem sensato se atreve a prescindir da confiança dos superiores". Eu estava entendendo? Eu entendia. O que mais eu queria? O que eu queria mesmo eram rebites, por Deus! Rebites. Para prosseguir o trabalho... para tapar o buraco. Rebites, eu queria. Havia caixas de rebites lá na costa... caixas... empilhadas... estourando... rachadas! A cada passo chutava-se um rebite ao acaso no pátio daquele posto na encosta. Rebites rolavam até o bosque da morte. Para encher os bolsos com rebites bastava catá-los no chão... e, onde eles eram necessários, não havia um rebite sequer. Dispúnhamos de plaquetas, mas não tínhamos como fixá-las. E toda semana o mensageiro, um negro solitário, sacola do malote no ombro e cajado na mão, deixava o nosso posto rumo à costa. Diversas vezes por semana chegava do litoral uma caravana com mercadorias... um morim horrível e encerado, que dava arrepio só de olhar, contas de vidro que valiam um centavo por quilo, uns malditos lenços de algodão estampado. E nada de rebites. Três carregadores bastariam para trazer todo o material necessário para fazer o vapor flutuar.

— Ele agora falava com mais intimidade, mas acho que

minha atitude impassível, finalmente, deixou-o exasperado, pois fez questão de me informar que não temia nem a Deus nem ao diabo, muito menos a qualquer simples mortal. Eu disse que isso estava bem claro para mim, mas o que eu realmente queria era um punhado de rebites... e rebites era o que o Sr. Kurtz deveria querer, se soubesse. Agora, cartas eram enviadas ao litoral toda semana... "Meu caro senhor", ele se queixava, "para escrever, preciso ditar." Eu exigia rebites. Havia um jeito... para um homem inteligente. Ele mudou de atitude; tornou-se frio e, de repente, começou a falar de um hipopótamo; quis saber se, dormindo a bordo do vapor (eu ficava ao lado dos destroços noite e dia), eu não era perturbado. Havia um velho hipopótamo que tinha o mau hábito de sair pela margem e vaguear pelo posto à noite. Os peregrinos costumavam aparecer e descarregar no hipopótamo todas as espingardas disponíveis. Alguns chegavam a espreitá-lo à noite. Mas, toda essa energia era desperdiçada. "A vida daquele bicho era protegida por encantamento", ele dizia; "mas nesta região isso só se aplica às feras. Homem algum... o senhor entende?... homem algum nesta região tem a vida protegida por encantamento." Ficou ali, um instante, à luz da lua, com o delicado nariz adunco meio de lado, os olhos de mica brilhando sem piscar, e então, com um seco boa-noite, saiu caminhando a passos largos. Percebi que ele estava desconcertado e bastante confuso, o que me deixou mais esperançoso do que nos últimos dias. Era um alento deixar aquele sujeito e me voltar para o amigo influente, sofrido, retorcido, estropiado, o meu vapor de lata. Subi a bordo. O barco rangia sob meus pés como uma lata vazia de biscoitos Huntley & Palmer chutada na sarjeta; não era tão sólido nem tão bonito, mas eu já havia trabalhado nele o bastante para aprender a amá-lo. Nenhum amigo influente teria me servido melhor. Aquele barco me propiciara a chance de me expor... de descobrir o que era capaz de fazer. Não, não gosto de trabalhar. Prefiro vagabundear e pensar nas coisas boas que podem ser feitas. Não gosto de trabalhar... homem nenhum gosta... mas gosto do que o trabalho encerra... a chance de encontrarmos a nós mesmos. A nossa própria realidade... para nós mesmos, não para os outros... algo que ninguém mais pode saber. Os outros só conseguem ver o exterior, e nunca têm condições de descobrir o verdadeiro significado.

— Não me surpreendi ao ver alguém sentado à popa, no convés, balançando as pernas sobre o lodo. Os senhores sabem, eu ficara amigo dos poucos mecânicos do posto, os quais eram naturalmente desprezados pelos demais peregrinos... em decorrência dos maus modos, suponho. Era o capataz... caldeireiro por ofício... um bom trabalhador. Era um sujeito magro, ossudo, de rosto amarelado, com olhos grandes e intensos. Tinha o ar preocupado, e a cabeça pelada como a palma da minha mão; mas o cabelo, ao cair, parecia ter ficado preso ao queixo e prosperado no novo local, pois a barba lhe chegava à cintura. Era viúvo e tinha seis filhos pequenos (deixara os filhos aos cuidados de uma irmã, a fim de poder ir para lá), e a paixão da vida dele eram as corridas de pombos. Tratava-se de um entusiasta, um especialista. Vibrava com os pombos. Depois do trabalho, por vezes, saía da choupana e vinha conversar sobre seus filhos e seus pombos; no trabalho, quando precisava rastejar no lodo sob o casco do vapor, amarrava a barba com uma espécie de guardanapo branco que trazia consigo para tal propósito. O pano tinha alças que eram fixadas às orelhas. À noite, podia ser visto agachado na margem do rio, enxaguando o tal invólucro, com todo cuidado, e estendendo-o solenemente sobre uma moita para secar.

— Dei um tapinha nas costas dele e gritei, "Teremos rebites!" Ele se pôs de pé e exclamou, "Não! Rebites!", como se não pudesse acreditar no que estava ouvindo. Então, em voz baixa, "O senhor... hein?" Não sei por que nos comportávamos como loucos. Encostei o dedo no nariz e assenti com a cabeça, num gesto misterioso. "Parabéns!", ele gritou, estalando os dedos acima da cabeça e levantando um dos pés. Ensaiei uns passos de dança. Saltitamos pelo convés de ferro. O casco emitiu um tinido horripilante e a mata virgem da margem oposta do rio devolveu o ruído com um rolar trovejante que se abateu sobre o posto adormecido. Alguns peregrinos devem ter saltado da cama em suas choupanas. Um vulto escuro bloqueou a porta acesa da cabana do Gerente e desapareceu; então, segundos depois, a porta desapareceu também. Paramos, e o silêncio que fora espantado pelo barulho do nosso pisoteado ressurgiu dos confins da terra. A grande parede da floresta, aquela massa exuberante e emaranhada de troncos, galhos, folhas, ramos, grinaldas, imóvel ao luar, era como a destruidora invasão de uma vida silente, uma ondulante vaga de plantas, alta, com uma crista, prestes a quebrar sobre o rio, a varrer e aniquilar cada um de nós, homenzinhos. Mas a onda não se movia. Um estrondo abafado de passos na água e roncos nos alcançava, vindo de longe, como se um ictiossauro estivesse tomando um banho de purpurina no grande rio. "Afinal", disse o caldeireiro, num tom sensato, "por que não haveríamos de conseguir os rebites?" E por que não! Não havia nenhuma razão para que não os conseguíssemos. "Estarão aqui em três semanas", eu disse, confiante.

— Mas não chegaram. Em vez de rebites, veio uma invasão, um castigo, uma provação. Surgiu em levas, no decorrer das três semanas seguintes, cada leva tendo à frente um burro carregando um homem branco de roupas novas e sapatos marrons, saudando com a cabeça, à direita e à esquerda, os surpresos peregrinos. Um bando de negros acabrunhados e de pés feridos vinha no encalço do burro;

uma quantidade de tendas, banquetas de armar, caixotes de lata, baús brancos, fardos marrons eram depositados no pátio, e o ar de mistério se tornava ainda mais intenso com a confusão do posto. Chegaram cinco dessas levas, com o aspecto absurdo de uma fuga desordenada que trazia o saque de inúmeras vendas e postos de abastecimento, saque este que, segundo parecia, era transportado após a incursão até a floresta, onde seria feita a divisão eqüitativa. Era um emaranhado de coisas, em si mesmas decentes, mas que a insanidade humana fazia parecer pilhagem.

— Aquele bando dedicado se autodenominava Expedição Exploradora do Eldorado, e creio que tivessem algum pacto secreto. O discurso deles, no entanto, era o de piratas sórdidos: temerário sem brio, ganancioso sem audácia, cruel sem coragem; em toda aquela tropa não havia um átomo de previdência ou seriedade de propósito, e sequer pareciam ter consciência de que essas coisas são necessárias para o trabalho no mundo. Arrancar tesouro das entranhas da terra era seu desejo, e seus princípios morais eram tão elevados quanto os de ladrões que arrombam um cofre. Quem pagava as despesas da nobre empreitada não sei; mas o tio do nosso Gerente era o líder do bando.

— Parecia um açougueiro de bairro pobre, com um olhar de esperteza sonolenta. Ostentava a pança com orgulho, sobre pernas curtas, e, durante todo o tempo em que a gangue infestou o posto, não falou com ninguém, exceto o sobrinho. Os dois eram vistos perambulando o dia inteiro, cabeça com cabeça, em eterna confabulação.

— Eu já havia desistido de me preocupar com os rebites. A capacidade que se tem para loucuras assim é mais limitada do que os senhores podem imaginar. Eu disse, dane-se!... e deixei as coisas correrem. Eu tinha tempo de sobra para refletir e, de vez em quando, pensava um pouco em Kurtz. Não me interessava muito por ele. Não. Mas estava curioso para saber se o tal sujeito, que chegara lá imbuído de algum tipo de princípio moral, galgaria finalmente ao topo, e como haveria de trabalhar depois que chegasse lá.

II

— Certa noite, estirado no convés do meu vapor, escutei vozes se aproximando... e lá estavam o sobrinho e o tio caminhando pela margem. Voltei a apoiar a cabeça sobre o braço, e quase cochilava, quando alguém disse, como se fosse, ao meu ouvido: "Sou tão inofensivo quanto uma criança, mas não gosto que me ditem o que fazer. Sou eu o Gerente... ou não sou? E pensar que recebi ordens para enviá-lo para lá. É incrível..." Percebi que os dois estavam de pé, na praia, ao lado da proa do vapor, logo abaixo da minha cabeça. Não me mexi; não me ocorreu fazer qualquer movimento: estava com sono; "É *bem* desagradável", resmungou o tio. "Ele pediu à Administração para ser mandado para lá", disse o outro, "com o propósito de mostrar o que era capaz de fazer; e eu recebi as instruções pertinentes. Imagine só a influência que esse homem deve ter. Não é assustador?" Ambos concordaram que era assustador, e então fizeram vários comentários estranhos: "Faça chuva ou faça sol... um homem... o Conselho... precisamente"... trechos de frases absurdas que acabaram com a minha sonolência, de modo que eu estava mais desperto quando o tio disse, "O clima talvez se encarregue de resolver essa dificuldade para você. Ele está sozinho lá?" "Sim", respondeu o Gerente; "despachou o assistente rio abaixo com um bilhete para mim nos seguintes termos: 'Tire esse pobre diabo da região, e não se dê ao trabalho de enviar outros dessa espécie. Prefiro ficar só, a ter comigo uma espécie de homem do qual o senhor pode prescindir'. Isso foi há mais de um ano. Veja só que desaforo!" "Alguma coisa desde aquela época?", perguntou o outro, com a voz rouca. "Marfim", pulou o sobrinho; "muito marfim... da melhor qualidade... muito... extremamente desagradável, vindo dele." "E o quê?", indagou o ronco pesado. "Fatura", foi a resposta disparada, por assim dizer. Em seguida, silêncio. Estavam falando de Kurtz.

— Àquela altura eu estava totalmente desperto, mas, deitado, inteiramente à vontade, permaneci imóvel, sem qualquer ânimo para mudar de posição. "Como foi que o marfim chegou até aqui?", rosnou o mais velho dos dois, que parecia bastante irritado. O outro explicou que viera numa frota de canoas, sob o comando de um mestiço inglês que trabalhava para Kurtz; que o próprio Kurtz, supostamente, pretendera vir, já que o posto estava, naquele momento, sem mantimentos e provisões, mas, após percorrer quatrocentos e oitenta quilômetros, de repente, decidira dar meia-volta, e o fizera numa piroga, com quatro remadores, deixando o mestiço prosseguir rio abaixo com o marfim. Os dois sujeitos mostravam-se perplexos por alguém se dispor a agir assim. Não faziam idéia do motivo. Quanto a mim, pareceu-me ver Kurtz pela primeira vez. Foi uma visão clara: a piroga, quatro nativos remando, e o solitário homem branco dando as costas para a sede da Companhia, para a licença, para os pensamentos acerca do lar... talvez; voltando-se para as profundezas da selva, para o posto vazio e desolado. Eu desconhecia o motivo. Talvez ele fosse apenas um bom sujeito que simplesmente se dedicava ao trabalho em si. O nome, os senhores entendem, não foi pronunciado uma única vez. Era "aquele homem". O mestiço, que, até onde pude perceber, havia comandado uma jornada difícil com grande prudência e coragem, era sempre mencionado como "aquele pilantra". O "pilantra" informara que o "homem" tinha estado muito doente... não convalescera totalmente... Os dois abaixo de mim afastaram-se então alguns passos e começaram a caminhar de um lado para o outro, a uma pequena distância. Escutei: "Posto militar... médico... trezentos e vinte quilômetros... inteiramente sozinho agora... atrasos inevitáveis... nove meses... sem notícias... boatos estranhos". Em seguida, aproximaram-se mais uma vez, no momento em que o Gerente dizia, "Ninguém, que eu saiba, exceto um tal mascate atravessador... um sujeito pestilento que rouba marfim dos nativos". De quem falavam agora? Entendi, juntando os pedaços, que se tratava de alguém que supostamente estava na região de Kurtz, e que não contava com a aprovação do Gerente. "Só nos livraremos da concorrência desleal quando um desses sujeitos for enforcado como exemplo", ele disse. "Exatamente", grunhiu o outro; "que seja enforcado! Por que não? Tudo... tudo pode ser feito por aqui. É isso que eu digo; ninguém aqui, você entende, *aqui*, pode pôr em risco a sua posição. E por quê? Você agüenta o clima... você sobrevive a todos eles. O perigo está na Europa; mas lá, antes de partir, tomei providências no sentido de..." Afastaram-se, cochichando, e então voltaram a elevar a voz. "Esta extraordinária série de atrasos não é minha culpa. Fiz o que pude." O gordo suspirou. "Muito triste." "E o nojo que é a conversa dele", continuou o outro; "incomodou-me demais, quando esteve aqui. 'Cada posto deve ser como um farol na estrada do progresso, um centro de comércio, é claro, mas também de humanização, melhoria, instrução.' Imagine... aquele imbecil! E quer ser Gerente! Não, é..." Nesse momento, engasgou-se, de tanta indignação, e eu ergui ligeiramente a cabeça. Fiquei surpreso ao constatar o quanto estavam perto... logo abaixo de mim. Eu poderia ter cuspido em seus chapéus. Olhavam para o chão, absortos em seus pensamentos. O Gerente batia na perna com um graveto; o parente astuto levantou a cabeça. "Você tem passado bem, desde que chegou aqui desta vez?", perguntou. O outro fez um movimento brusco. "Quem? Eu? Ah! Muito bem... muito bem. Mas os demais... Ah! Meu Deus! Todos doentes. E morrem tão depressa, que não tenho nem tempo de retirá-los da região... é incrível!" "Hum. É isso", rosnou o tio. "Ah! Meu rapaz, pode confiar nisso... eu lhe digo, pode confiar nisso." Vi-o esticar o braço curto como uma nadadeira, num gesto que abrangia a selva, o remanso, o lodo, o rio... parecendo um chamado, com um floreio infame diante da face ensolarada da terra, um apelo traiçoeiro à morte que ali espreitava, ao mal recôndito, às trevas profundas do coração daquilo tudo. Foi de tal modo impactante que me levantei num salto, e olhei para trás, para a orla da floresta, como se esperasse algum tipo de resposta àquela negra demonstração de confiança. Os senhores sabem que, às vezes, temos idéias tolas. A grande quietude confrontava aquelas duas figuras com uma paciência sinistra, aguardando a passagem da fantástica invasão.

— Praguejaram em voz alta... por puro medo, creio eu...; então, fingindo nada perceber da minha presença, voltaram em direção ao posto. O sol estava baixo; e, inclinados para a frente, lado a lado, eles pareciam arrastar encosta acima, penosamente, as próprias sombras ridículas, de comprimentos díspares, e que os seguiam devagar por cima do capim sem curvar uma só folha.

— Em poucos dias a Expedição Eldorado adentrou o mato paciente, que se fechou sobre ela como o mar se fecha sobre o mergulhador. Muito tempo depois veio a notícia de que todos os burros tinham morrido. Nada sei quanto ao destino dos animais de menor valor. Sem dúvida, a exemplo do resto de nós, encontraram o que mereciam. Não perguntei. Àquela altura sentia-me bastante entusiasmado com a perspectiva de logo conhecer Kurtz. Quando digo logo, falo em termos relativos. Somente dois meses depois do dia em que deixamos o remanso alcançamos a margem abaixo do posto de Kurtz.

— Subir aquele rio era como viajar de volta aos primórdios do mundo, quando a vegetação comandava a Terra e as grandes árvores eram rainhas. Um rio vazio, um grande silêncio, uma selva impenetrável. O ar era cálido, denso, pesado, moroso. Não havia júbilo no brilho do sol. Os longos trechos da correnteza se estendiam, ermos, rumo à escuridão das distâncias sombrias. Nas margens arenosas e prateadas, hipopótamos e crocodilos tomavam sol lado a lado. As águas, cada vez mais vastas, fluíam através de uma multidão de ilhas cobertas de mato; era possível se perder naquele rio como é possível se perder no deserto, e passávamos o dia todo esbarrando em bancos de areia, procurando o canal, até nos sentirmos enfeitiçados e isolados para sempre de tudo o que um dia conhecemos... em algum lugar... distante... talvez em outra existência. Em dados momentos o passado nos voltava, conforme por vezes ocorre quando não temos um instante sequer só para nós; mas voltava na forma de um sonho agitado e barulhento, relembrado com espanto em meio à realidade esmagadora daquele estranho mundo de plantas, água e silêncio. E aquela quietude, absolutamente, não lembrava paz. Era a quietude de uma força implacável que remoía um desígnio inescrutável e nos contemplava com um ar vingativo. Mais tarde acostumei-me a ela; sequer a enxergava; não tinha tempo para tanto. Precisava ficar adivinhando o percurso do canal; precisava discernir, no mais das vezes por intuição, os sinais de bancos de areia ocultos; atentava às pedras submersas; estava aprendendo a trincar os dentes, para meu coração não sair pela boca, quando o barco raspava algum tronco infernal submerso, capaz de rasgar o vapor de lata e afogar os peregrinos; precisava procurar sinais de lenha que pudéssemos cortar à noite para ser usada na caldeira no dia seguinte. Quando se tem de atentar a esse tipo de coisa, banais incidentes de superfície, a realidade... a realidade, vou lhes contar... desaparece. A verdade interior fica escondida... felizmente, felizmente. Mas eu a sentia, de qualquer jeito; muitas vezes, sentia a sua misteriosa quietude observando as minhas macaquices, assim como ela os observa, senhores, equilibrando-se em suas respectivas cordas bambas por... quanto é mesmo? Meia coroa cada pirueta...

— "Procure ser educado, Marlow", rosnou uma voz, e notei que havia ao menos um ouvinte acordado, além de mim.

— Desculpe-me. Esqueci a dor profunda que compõe o restante do preço. E, a bem da verdade, o que importa o preço, se o truque for bem feito? Os senhores fazem ótimos truques. E eu tampouco me saí mal, pois na minha primeira viagem consegui evitar que o vapor afundasse. Isso ainda me assombra. Imaginem um homem de olhos vendados, dirigindo um caminhão por uma estrada ruim. Suei e tremi muito, posso lhes dizer. Afinal, para um homem do mar, arranhar o fundo de uma coisa que deve flutuar o tempo todo sob os seus cuidados é um pecado imperdoável. Talvez ninguém perceba, mas a própria pessoa nunca esquece o baque surdo... hein? Um golpe bem no coração. A pessoa se lembra do golpe, sonha com ele, acorda no meio da noite e pensa nele... anos depois... e sua frio pelo corpo inteiro. Não vou aqui dizer que aquele vapor flutuava o tempo todo. Mais de uma vez precisou ser arrastado, empurrado por vinte canibais chafurdando na água. Alguns daqueles camaradas tinham sido recrutados pelo caminho como tripulação. Bons sujeitos... os canibais... no seu devido lugar. Eram homens com quem se podia trabalhar, e a eles sou grato. E, afinal, não devoravam uns aos outros na minha frente: haviam trazido uma provisão de carne de hipopótamo que se deteriorara e fizera o mistério da selva feder-me nas narinas. Ufa! Ainda posso sentir o cheiro. Eu trazia o Gerente a bordo, e três ou quatro peregrinos com seus cajados... completos. Às vezes, chegávamos a um posto situado próximo à margem, agarrado à beira do desconhecido, e, correndo para fora de uma choupana prestes a ruir, homens brancos, com gestos de alegria e surpresa e boas-vindas, pareciam um tanto ou quanto estranhos... como se ali estivessem mantidos em cativeiro, por algum feitiço. A palavra marfim pairava no ar por algum tempo... e lá íamos nós, de novo, silêncio adentro, por trechos inabitados, por curvas caladas, entre os barrancos do nosso caminho sinuoso, fazendo reverberar com pancadas secas a batida pesada da roda de pás do vapor. Árvores, árvores, milhões de árvores, maciças, imensas, altíssimas; e ao pé das árvores, subindo a correnteza e agarrado à margem, arrastava-se o pequeno vapor enegrecido, qual um besouro lerdo que se arrasta pelo piso de uma varanda imponente. Tal sentimento fazia com que nos sentíssemos diminutos, perdidos, mas não era deprimente. Afinal, ainda que pequeno, o besouro enegrecido se arrastava em frente... exatamente como se esperava que fizesse. Aonde os peregrinos imaginavam que ele rastejava eu não sei. Para algum lugar onde esperavam obter algo. Aposto! A meu ver, rastejava em direção a Kurtz... exclusivamente; mas quando a tubulação do vapor começou a vazar, passamos a nos arrastar ainda mais lentamente. Clareiras abriam-se à nossa frente e se fechavam atrás, como se a floresta atravessasse a água, comodamente, barrando o nosso retorno. Penetrávamos cada vez mais fundo no coração das trevas. Havia ali um grande silêncio. Por vezes, durante a noite, o bater de tambores detrás da cortina de árvores subia o rio e prosseguia vagamente, como se pairasse no ar acima das nossas cabeças, até o raiar do dia. Se o significado era guerra, paz ou prece, não sabíamos dizer. O alvorecer era anunciado pela descida de uma quietude fria; os rachadores de lenha dormiam, o fogo baixo; o estalido de um graveto provocava um sobressalto. Errávamos por uma Terra pré-histórica, uma Terra que possuía o aspecto de um planeta desconhecido. Podíamos nos imaginar os primeiros homens a tomar posse de um legado maldito, a ser dominado à custa de profunda angústia e árdua lida. E, de súbito, ao vencermos uma curva, avistávamos paredes de junco, telhados de palha pontiagudos, uma explosão de gritos, um rodopio de braços negros, um punhado de mãos batendo palmas, pés batendo, corpos balançando, olhos girando, à sombra da folhagem pesada e imóvel. O lento vapor avançava com dificuldade, ao largo de um frenesi negro e incompreensível. O homem pré-histórico nos amaldiçoava, nos idolatrava, dava-nos boas-vindas... quem poderia saber? Estávamos impedidos de compreender aquilo que nos cercava; deslizávamos como espectros, curiosos e, no íntimo, assombrados, conforme homens mentalmente sãos ficariam perante uma rebelião num manicômio. Não podíamos compreender porque estávamos longe demais, e não podíamos lembrar porque viajávamos na noite das primeiras eras, daquelas eras que se foram, mal deixando sinais... e nenhuma lembrança.

— A terra parecia extraterrena. Estamos habituados a contemplar a forma acorrentada de um monstro subjugado, mas ali... ali era possível contemplar algo monstruoso e livre. Era extraterreno, e os homens eram... não, não eram inumanos. Bem, os senhores sabem, isso era o pior... a suspeita de que não eram inumanos. Tal noção surgia aos poucos. Eles urravam e pulavam, e giravam e faziam caretas horrendas; mas o que nos impressionava era, precisamente, a idéia de que eram humanos... tanto quanto nós... a idéia do nosso remoto parentesco com aquele alarido selvagem e ardente. Horrendo. Sim, era horrendo; mas, quem fosse homem o bastante admitiria ter em si mesmo um leve indício de receptividade à terrível franqueza daquela algazarra, uma vaga suspeita de haver naquilo um sentido que nós... nós que estamos tão distantes da noite das primeiras eras... podíamos compreender. E por que não? A mente do homem é capaz de tudo... porque tudo está nela, todo o passado e também todo o futuro. O que havia ali, afinal? Alegria, temor, tristeza, devoção, bravura, ódio... quem poderia saber?... Mas a verdade... a verdade despia-se do manto do tempo. Que o tolo olhe embasbacado e estremeça... o homem saberá, e poderá olhar sem piscar. Mas precisa ser, ao menos, tão homem como aqueles que estavam na margem. Precisa confrontar aquela verdade com a sua própria verdade... com sua força inata. Princípios não bastam. Bens, roupas, belos trapos... trapos que voam pelos ares na primeira sacudidela. Não; é preciso uma crença propositada. Haveria algum apelo para mim naquela balbúrdia demoníaca... será? Muito bem; ouço; admito, mas tenho uma voz também e, para o bem ou para o mal, o meu discurso não pode ser silenciado. Obviamente, o tolo, com seu medo profundo e nobres sentimentos, sempre estará a salvo. Quem está grunhindo? Querem saber se desembarquei, para urrar e dançar? Bem, não... não o fiz. Nobres sentimentos, os senhores diriam? Nobres sentimentos, que se danem! Eu não tinha tempo para isso. Estava ocupado com alvaiade e tiras de cobertor de lã, fazendo curativos na tubulação que vazava... posso lhes dizer. Precisava cuidar da pilotagem, evitar os tais emaranhados de galhos submersos e conduzir a lata velha a qualquer custo. Havia verdade suficiente naquelas coisas para salvar um homem mais sábio do que eu. E, de vez em quando, eu tinha de cuidar do selvagem que alimentava o fogo da caldeira. Tratava-se de um espécime aperfeiçoado, capaz de alimentar a caldeira vertical. Ficava abaixo de mim, e, palavra de honra, olhar para ele era tão edificante quanto ver um cão numa paródia, vestindo culotes e chapéu de pena, caminhando nas patas traseiras. Alguns meses de treinamento bastaram para aquele excelente sujeito. Ele apertava os olhos, examinando o medidor de pressão e o indicador do nível d'água, num evidente esforço para ser valente... e havia limado os dentes, o pobre-diabo, a carapinha raspada, formando estranhos desenhos, e cada lado da face enfeitado com três cicatrizes. Deveria estar batendo palmas e pés na margem, mas, em vez disso, trabalhava duro, escravo de estranho feitiço, pleno de novos saberes. Era útil porque tinha sido instruído; e o que sabia era o seguinte... se a água naquela coisa transparente desaparecesse, o espírito do mal no interior da caldeira ficaria furioso, por causa da enorme sede, e perpetraria uma vingança terrível. Daí, ele suava e alimentava o fogo e, receoso, observava o visor (com um amuleto improvisado, feito de trapos, amarrado ao braço, e um pedaço de osso polido, do tamanho de um relógio de pulso, enfiado no lábio inferior), enquanto as margens cobertas pela mata deslizavam ao nosso lado, lentamente, o barulho ficando para trás, os quilômetros intermináveis de silêncio... e nós nos arrastávamos, em direção a Kurtz. Mas os troncos submersos eram grossos, as águas traiçoeiras e rasas, a caldeira parecia mesmo ter dentro dela um demônio zangado, e, portanto, nem o sujeito que alimentava o fogo nem eu tínhamos tempo para contemplar os nossos próprios pensamentos arrepiantes.

— Cerca de oitenta quilômetros abaixo do Posto Avançado, deparamos com uma cabana de junco, com um mastro inclinado e melancólico, desfraldando farrapos irreconhecíveis de algo que outrora fora uma bandeira, e uma pilha de lenha arrumada com cuidado. Algo absolutamente inesperado. Fomos até a margem e encontramos, sobre a pilha de lenha, um pedaço de papelão com letras esmaecidas escritas a lápis. Decifradas, diziam: "Lenha para vocês. Rápido. Aproximem-se com cautela". Havia uma assinatura, mas estava ilegível... não era Kurtz... era uma palavra bem mais longa. "Rápido." Para onde? Rio acima? "Aproximem-se com cautela." Não tínhamos procedido assim. Mas o aviso não poderia se referir ao local em que se encontrava, pois só poderia ser lido após a aproximação. Havia algo errado mais acima... Mas o quê... e quão? Essa era a dúvida. Criticamos a imbecilidade daquele estilo telegráfico. A mata em torno nada dizia, e tampouco nos deixava enxergar muito longe. Uma cortina rasgada de sarja vermelha pendia à porta da cabana e tremulava melancolicamente diante de nós. A habitação estava desmantelada; mas era evidente que um homem branco vivera ali não muito tempo atrás. Restava uma mesa tosca... uma prancha sobre duas estacas; havia um monte de lixo num canto escuro e, perto da porta, um livro. Faltavam as capas, e as páginas tinham sido tão manuseadas que se tornaram molengas e extremamente sujas; mas a lombada tinha sido recém-costurada, com muito zelo, com linha de algodão branco, e ainda estava limpa. Foi um achado extraordinário. O título era *Uma investigação sobre algumas questões de pilotagem*, de um homem chamado Towser, Towson... um nome assim... Comandante da Marinha Real. O conteúdo parecia um tanto insípido, com diagramas ilustrativos e repulsivas tabelas numéricas, e a edição tinha sessenta anos. Manuseei aquela surpreendente antiguidade com a maior delicadeza possível, com receio de que se desmanchasse. Ali, Towson ou Towser investigava, com seriedade, o grau de resistência de correntezas e cordames de navios, e outros temas similares. Não era um livro dos mais cativantes; mas, mesmo olhando por alto, foi possível perceber que uma unidade de propósito e uma preocupação sincera com a maneira correta de trabalhar iluminavam aquelas humildes páginas, pensadas tantos anos atrás, com uma luz que não tinha natureza profissional. O velho marinheiro, com aquele discurso sobre correntezas e roldanas, fez-me esquecer a selva e os peregrinos, com uma agradável sensação de ter descoberto algo inequivocamente real. Que um livro daqueles estivesse ali era algo fabuloso; porém, ainda mais estarrecedora era a marginália, a lápis, nitidamente relacionada ao texto. Mal pude acreditar! Estava em código! Sim, parecia cifrada. Imaginem um homem carregar consigo um livro com tais características até aquele fim de mundo, e estudá-lo... e fazer anotações... em código! Era um mistério extravagante.

— Fazia algum tempo que eu percebia um ruído preocupante, e, ao erguer os olhos, vi que a pilha de lenha tinha sumido e que o Gerente, auxiliado pelos peregrinos, gritava para mim da beira do rio. Enfiei o livro no bolso. Asseguro aos senhores que abandonar a leitura foi como me apartar do abrigo de uma velha e sólida amizade.

— Dei partida no motor impotente. "Deve ser aquele atravessador miserável... aquele intruso", exclamou o Gerente, lançando um olhar maldoso em direção ao local que acabávamos de deixar. "Deve ser inglês", eu disse. "Não vai escapar de uma encrenca, a não ser que se cuide", resmungou o Gerente em tom sombrio. Comentei, com dissimulada inocência, que homem algum escapa de encrenca neste mundo.

— A correnteza estava agora mais rápida, o vapor parecia dar os últimos suspiros, a roda de pás batia sem vigor, e me surpreendi prestando atenção em cada nova batida, pois, a bem da verdade, esperava que aquela coisa infeliz parasse a qualquer momento. Era como assistir às cintilações finais de uma vida. Mas continuávamos a nos arrastar. Às vezes, eu fixava o olhar numa árvore adiante, a fim de medir nosso avanço em direção a Kurtz, mas sempre a perdia de vista, antes de alcançá-la. Cravar os olhos em algo durante tanto tempo era demais para a paciência humana. O Gerente demonstrava perfeita resignação. Eu estava nervoso, exaltado, e dei para discutir comigo mesmo, se haveria ou não de falar abertamente com Kurtz; mas, antes de chegar a qualquer conclusão, ocorreu-me que falar ou calar, na realidade, qualquer ação da minha parte, seria totalmente inútil. Que importava saber ou ignorar algo? Que importava quem fosse o Gerente? Por vezes, temos uma percepção repentina assim. A essência daquilo estava bem abaixo da superfície, além do meu alcance e além da minha capacidade de interferir.

— Ao cair da noite seguinte, achamos que estávamos a cerca de treze quilômetros do posto de Kurtz. Eu queria seguir em frente, mas o Gerente parecia preocupado, e me disse que a navegação rio acima era tão arriscada, que seria aconselhável, com o sol já bem baixo, aguardar onde estávamos até a manhã seguinte. Além disso, assinalou que, se o aviso para nos aproximarmos com cautela fosse observado, deveríamos aproximar-nos à luz do dia... não durante o crepúsculo ou no escuro. Era sensato. Treze quilômetros significavam, para nós, quase três horas de navegação, e eu já avistava marolas suspeitas na parte superior daquele trecho do rio. Contudo, o atraso me incomodou tanto que mal podia expressar o meu aborrecimento, ainda que não tivesse motivo para tal, pois uma noite a mais não importava, passados tantos meses. Considerando que tínhamos bastante lenha, e que cautela era o lema, atraquei no meio do rio. O remanso era estreito, reto, com barrancos elevados, como o corte que se faz numa ferrovia. O crepúsculo deslizou no local muito antes que o sol se escondesse. A correnteza fluía serena e célere, mas uma imobilidade taciturna pesava sobre as margens. As árvores, amarradas umas às outras pelos cipós e pelos arbustos da vegetação rasteira, pareciam transformadas em pedras, até o mais fino dos galhos, a mais leve das folhas. Não era sono... tinham um aspecto artificioso, como se estivessem em transe. Não se ouvia o menor ruído. Contemplávamos aquilo com perplexidade e começávamos a achar que tínhamos ficado surdos... então, a noite caiu de repente, e ficamos cegos também. Por volta das três horas da madrugada, um peixe grande saltou, e o barulho da pancada na água me fez dar um pulo, como se uma arma tivesse sido disparada. Quando o sol nasceu, surgiu uma névoa branca, morna e pegajosa, e mais cegante que a noite. Não se mexia nem levantava; apenas pairava ali à nossa volta, como algo sólido. Às oito ou nove, talvez, ela subiu, como sobe uma persiana. Vislumbramos a imponente multidão de árvores, a selva imensa e espessa, encimada pela bolinha do sol ardente... tudo inteiramente quieto... e então a persiana branca voltou a baixar, suavemente, como se descesse por trilhos lubrificados. Ordenei que a âncora, que começava a ser recolhida, tornasse a ser baixada. Antes que a corrente parasse de desenrolar com seu clangor abafado, um grito, um grito muito alto, de uma desolação infinita, elevou-se pelo ar opaco. E parou. Um alarido queixoso, modulado por dissonâncias selvagens, encheu nossos ouvidos. A simples surpresa daquilo arrepiou-me os cabelos sob o boné. Não sei como afetou os demais: para mim, parecia que a própria névoa tinha gritado, de tão súbito que foi aquele violento e funesto alarido, aparentemente, vindo de todos os lados ao mesmo tempo. Culminou numa rápida explosão de guinchos extremos, quase insuportáveis, que cessaram de modo repentino, deixando-nos enrijecidos, numa série de atitudes tolas, ouvindo, obstinadamente, o silêncio quase tão insuportável e extremo. "Deus do céu! Que significa...", gaguejou ao meu lado um dos peregrinos, um sujeito gordo e de baixa estatura, com cabelo alourado e suíças ruivas, calçando botas de borracha e pijama cor-de-rosa, com as calças enfiadas nas meias. Outros dois ficaram boquiabertos durante um minuto inteiro; então correram para dentro da choupana e, voltando logo em seguida, posicionaram-se em alerta, lançando olhares assustados, Winchesters engatilhadas. Tudo o que conseguíamos enxergar era o vapor em que viajávamos, com os contornos borrados como se estivesse a ponto de se dissolver em meio à nevoa, cercado por uma faixa d'água com talvez sessenta centímetros de largura... e mais nada. O resto do mundo não existia, no que dizia respeito aos nossos olhos e ouvidos. Não existia. Fora-se, desaparecera; varrido sem deixar sussurro ou sombra.

— Fui até a proa e dei ordens para que a corrente fosse içada parcialmente, de maneira que a âncora pudesse ser recolhida e o vapor deslocado imediatamente, se necessário. "Será que vão atacar?", sussurrou uma voz espantada. "Seremos todos trucidados neste nevoeiro", murmurou outra. Os rostos contraíam-se de tensão, as mãos tremiam levemente, os olhos esqueciam de piscar. Foi muito curioso observar o contraste das expressões dos brancos e dos negros da nossa tripulação, tão estranhos àquele trecho do rio quanto nós, ainda que residissem a apenas mil e trezentos quilômetros dali. Os brancos, além de evidentemente transtornados, exibiam também um ar estranho, chocados e pesarosos diante daquela balbúrdia absurda. Os demais revelavam uma expressão alerta, um interesse natural; mas seus rostos se mostravam bastante tranqüilos, até mesmo um ou dois que arreganhavam os dentes enquanto puxavam a corrente. Resmungando, vários trocavam frases curtas que pareciam contentá-los. O líder, um jovem negro de tórax largo, trajando panos sóbrios com franjas em tom azul-escuro, dotado de narinas ferozes e cabelos arrumados em engenhosos cachos untados, pôs-se de pé ao meu lado. "Ah!", eu disse, só por companheirismo. "Pega!", ele rosnou, arregalando os olhos avermelhados e cintilando os dentes afiados... "Pega! Dá ele pra nós!" "Para vocês, hein?", perguntei; "o que vocês fariam com ele?" "Comer!", ele disse bruscamente e, apoiando os cotovelos na amurada, mirou o nevoeiro, numa atitude digna e profundamente reflexiva. Eu teria, sem dúvida, ficado devidamente horrorizado, se não me ocorresse que ele e os companheiros deveriam estar famintos: que a fome deveria ter aumentado, pelo menos ao longo do último mês. Estavam trabalhando havia seis meses (não creio que nenhum deles tivesse uma concepção clara de tempo, conforme temos nós, ao cabo de eras incontáveis. Ainda pertenciam aos primórdios do tempo... não dispunham de uma experiência herdada que os ensinasse, por assim dizer) e, logicamente, enquanto houvesse um pedaço de papel escrito de acordo com alguma lei farsesca criada rio abaixo, não entraria na cabeça de ninguém se preocupar com a sobrevivência daquela gente. Decerto, teriam trazido carne de hipopótamo, que, na realidade, não poderia durar muito tempo, mesmo que os peregrinos não tivessem, em meio a veementes protestos, atirado na água grande parte da carne. Parecia um procedimento arbitrário, mas, na realidade, era um caso de legítima defesa. Não se pode respirar hipopótamo morto, ao acordar, ao dormir ou ao comer, e, ao mesmo tempo, manter qualquer controle precário sobre a própria existência. Além disso, toda semana, eles recebiam três pedaços de arame de latão, cada qual com cerca de vinte centímetros; teoricamente, podiam comprar provisões com aquela moeda nas aldeias ribeirinhas. Os senhores percebem como *aquilo* funcionava. Ou não havia aldeias, ou os habitantes eram hostis, ou o diretor, que a exemplo do resto de nós comia enlatados, servidos, de quando em vez, com carne de bode velho, não se dispunha a parar o vapor, por alguma razão mais ou menos oculta. Portanto, a menos que comessem o arame, ou fizessem argolas para fisgar peixes, não vejo a serventia que aquele salário extravagante lhes pudesse trazer. Mas, admito que era pago com a regularidade digna de uma companhia comercial honrada e de grande porte. No mais, o único item comestível... embora não parecesse, absolutamente, palatável... que vi em seu poder eram alguns torrões de algo semelhante à massa mal assada, em tom arroxeado sujo, que guardavam embrulhados em folhas e, de vez quando, mordiscavam, em bocados tão pequenos que pareciam mais dissimulação do que sério sustento. Por que, em nome de todos os torturantes demônios da fome, não nos atacaram... eram trinta contra cinco... enchendo a pança ao menos uma vez, ainda hoje me espanto, quando penso nisso. Eram homens grandes e robustos, sem muita capacidade para medir conseqüências, e valentes, embora suas peles já não mostrassem viço e os músculos já não fossem rijos. Percebi que algum tipo de comedimento, algum daqueles segredos humanos que desafiam a probabilidade, ali passara a operar. Olhei para eles com um interesse crescente... não porque me ocorresse que poderia ser por eles em breve devorado, embora, admito aos senhores, naquele momento vi... por um novo ângulo, digamos... o quanto os peregrinos pareciam doentes, e eu esperava, sim, sem dúvida, esperava que meu aspecto não fosse tão... como direi?... tão... insosso: um toque de vaidade fantasiosa que combinava bem com a sensação onírica que então permeava todos os meus dias. Talvez estivesse também um pouco febril. Não se pode viver eternamente com o dedo no próprio pulso. Eu tinha sempre "um pouco de febre", ou um toque de alguma outra coisa... palmadinhas jocosas da selva, coisinhas bobas que antecederam o ataque furioso que sobreveio no devido tempo. Isso mesmo; olhei para eles como se olha para qualquer ser humano, com curiosidade em relação aos impulsos, motivos, pontos fortes e fracos, testados diante de uma necessidade física inexorável. Comedimento! Que comedimento seria possível? Seria superstição, repulsa, paciência, medo... ou alguma espécie de honra primitiva? Medo algum é capaz de derrotar a fome, paciência alguma pode debelá-la, repulsa simplesmente inexiste onde há fome; e, quanto à superstição, crendices e o que chamamos de princípios são menos que palha ao vento. Os senhores não conhecem a diabrura, o tormento exasperante, os pensamentos negros, a ferocidade sombria da fome prolongada? Bem, eu conheço. Um homem precisa de toda a sua força inata para combater a fome. É realmente mais fácil enfrentar privação, a desonra e a perdição da alma... do que a fome prolongada. Triste, mas verdadeiro. E, além disso, aqueles camaradas não tinham a menor razão no mundo para escrúpulos. Comedimento! Seria de se esperar mais comedimento da parte de uma hiena rondando cadáveres num campo de batalha. Mas ali estava o fato, diante de mim... o fato estonteante, visível como a espuma no alto-mar, uma pequena marola num enigma insondável, um mistério maior... se eu parasse para refletir... do que o curioso, o inexplicável tom de aflição desesperada que havia naquele clamor selvagem que passara por nós na margem do rio, por detrás da ofuscante brancura do nevoeiro.

— Dois peregrinos discutiam, trocando rápidos cochichos, qual seria a margem. "Esquerda." "Não, não; como você pode dizer uma coisa dessas? Direita, direita, é óbvio." "É muito sério", disse a voz do Gerente, atrás de mim; "eu ficaria desolado se acontecesse algo ao Sr. Kurtz antes de chegarmos." Olhei para ele e não tive a menor dúvida de que falava com sinceridade. Era exatamente o tipo de homem que gostava de manter as aparências. Era esse o seu comedimento. Mas, quando murmurou algo sobre prosseguir imediatamente, nem me dei ao trabalho de responder. Eu sabia, e ele sabia, que era impossível. Se nos soltássemos do fundo, ficaríamos absolutamente no ar... no espaço. Não saberíamos aonde estávamos indo... se para cima, para baixo, ou para o lado... até esbarrarmos numa das margens... e então tampouco saberíamos que margem seria aquela. Evidentemente, não me mexi. Não queria uma colisão. É impossível conceber um local mais fatídico para um naufrágio. Se não nos afogássemos imediatamente, logo morreríamos, de um modo ou de outro. "O senhor está autorizado a correr qualquer risco", ele disse, após breve silêncio. "Recuso-me a correr riscos", eu disse, em seguida; era essa, precisamente, a resposta que ele esperava, embora o tom talvez o surpreendesse. "Bem, devo aceitar a sua avaliação. O senhor é o comandante", ele disse, com nítida civilidade. Virei o ombro na direção dele, em sinal de reconhecimento, e olhei para o nevoeiro. Quanto tempo duraria? Era a mais desoladora das vigilâncias. A aproximação ao tal Kurtz, que se esfalfava por marfim naquela maldita mata, estava cercada de tantos perigos quanto se ele fosse uma princesa encantada num castelo de fábula. "Acha que vão atacar?", perguntou o Gerente, em tom de confidência.

— Não achei que fossem atacar, por várias razões óbvias. Uma delas era o denso nevoeiro. Se deixassem a margem em suas canoas, haveriam de se perder no nevoeiro, tanto quanto nós, se tentássemos nos mover. Além disso, eu achava que a selva, em ambas as margens, fosse impenetrável... contudo, nela havia olhos, olhos que nos tinham visto. A mata ribeirinha era, sem dúvida, bastante densa; mas, para além dali, a vegetação rasteira era certamente penetrável. No entanto, durante o breve momento em que o nevoeiro subira, eu não avistara nenhuma canoa ao longo do remanso... decerto, não ao lado do vapor. Mas o que, a meu ver, tornava a idéia de um ataque inconcebível era a natureza do alarido... dos gritos que tínhamos ouvido. Não apresentavam a característica de ferocidade que prenuncia intenção hostil imediata. Embora inesperados, selvagens e violentos, os gritos me davam uma irresistível impressão de pesar. A visão do barco a vapor havia, por algum motivo, enchido os selvagens de uma tristeza incontida. O perigo, se é que existia, decorria da nossa proximidade de uma grande e desenfreada comoção humana. Até mesmo uma dor profunda é capaz de, no extremo, transformar-se em violência... ainda que, mais freqüentemente, assuma a forma de apatia...

— Os senhores precisavam ter visto os peregrinos olhando! Não tinham ânimo nem para um sorriso amarelo, nem mesmo para me criticar: mas acho que pensaram que eu havia enlouquecido... de medo, talvez. Proferi uma verdadeira conferência. Meus caros rapazes, de nada adianta nos preocuparmos. Manter a vigilância? Bem, os senhores podem imaginar que eu vigiei o nevoeiro, em busca de sinais de que iria se dissipar, assim como um gato vigia um rato; mas, fora isso, nossos olhos não tinham para nós mais utilidade do que se estivéssemos enterrados embaixo de quilômetros de algodão. A sensação era mesmo essa... sufocante, quente, abafada. Além disso, tudo o que eu dissera, embora soasse extravagante, era absolutamente fiel aos fatos. O que mais tarde definimos como ataque foi, na realidade, uma tentativa de nos repelir. A ação esteve muito longe de ser agressiva... nem chegou a ser defensiva, no sentido corriqueiro: foi realizada sob a pressão do desespero e, na essência, configurou proteção.

— Teve início, eu diria, duas horas depois que o nevoeiro se dissipou, num determinado ponto que ficava, *grosso modo*, a cerca de dois quilômetros e meio abaixo do posto de Kurtz. Acabávamos de patinhar e nos debater ao longo de uma curva, quando avistei uma ilhota, uma simples elevação de terra coberta de capim verde brilhante, no meio da correnteza. Era algo inusitado; mas, à medida que avançamos no remanso, percebi que se tratava da ponta de um longo banco de areia, ou melhor, uma série de trechos rasos que desciam pelo meio do rio. Eram incolores, visíveis à flor d'água, exatamente como a espinha dorsal de um homem é visível descendo pelo meio das costas, sob a pele. Bem, até onde eu podia enxergar, era possível passar pela direita ou pela esquerda. Eu não conhecia nenhum dos canais, é claro. As margens eram bastante semelhantes, a profundidade parecia idêntica; mas, como eu havia sido informado de que o posto ficava na margem oeste, naturalmente, busquei a passagem a ocidental.

— Tão logo entramos, percebi que a passagem era bem mais estreita do que eu supunha. À nossa esquerda havia um longo e contínuo banco de areia e, à direita, a margem era alta e íngreme, coberta de vegetação cerrada. Acima da vegetação rasteira, as árvores se erguiam perfiladas. Ramos espessos cobriam a correnteza e, aqui e ali, um grande galho se projetava, rijo acima do rio. A tarde já avançava, a fisionomia da floresta se mostrava taciturna, e uma larga faixa de sombra já se abatera sobre as águas. Naquela sombra navegávamos... muito lentamente, conforme os senhores bem podem imaginar. Mantive o vapor rente... a água era mais profunda perto da margem, segundo me informava a sonda.

— Um dos meus amigos famintos e pacientes sondava a profundidade, na proa, logo abaixo de mim. O vapor era exatamente como uma barcaça provida de convés. Ali, havia duas casinhas feitas de teca, com portas e janelas. A caldeira ficava na parte da frente, e a maquinaria, atrás e à direita. Acima do convés havia um telhado leve, apoiado em estacas. A chaminé se projetava pelo telhado e, diante da chaminé, uma casinhola construída com tábuas leves servia de cabine de comando. No interior havia um sofá, duas banquetas de armar, um rifle Martini-Henry carregado num dos cantos, uma mesinha e o timão. À frente havia uma porta larga e, em cada lado, uma janela com venezianas. Todas sempre escancaradas, é claro. Eu passava o dia empoleirado na extremidade dianteira do telhado, em frente à porta. À noite eu dormia, ou tentava dormir, no sofá. Um negro de porte atlético, pertencente a alguma tribo litorânea e educado pelo pobre do meu antecessor, era o timoneiro. Usava um par de brincos de latão, um pano azul que lhe descia da cintura aos calcanhares, e se achava o dono do mundo. Foi o idiota mais volúvel que conheci na vida. Manobrava com uma vaidade infindável sempre que havia alguém por perto; mas, se perdesse a pessoa de vista, ficava à mercê de um medo abjeto, e num minuto deixava-se vencer por aquele vapor manco.

— Eu olhava para a vara de sondagem, bastante aborrecido, porque a cada medição uma parte maior ficava fora da água, quando vi o sujeito que a manejava desistir subitamente da tarefa e se estirar sobre o convés, sem mesmo se dar ao trabalho de recolhê-la. No entanto, continuou a segurá-la, arrastando-a na água. Ao mesmo tempo, o caldeireiro, que eu também via logo abaixo de mim, sentou-se, de repente, diante da fornalha e baixou a cabeça. Fiquei atônito. Então precisei olhar rapidamente para o rio, pois havia um emaranhado de troncos logo adiante. Gravetos, gravetos voando por todo lado... em quantidade: zuniam diante do meu nariz, caíam abaixo de mim, batiam atrás de mim, chocando-se contra a cabine de comando. Todo aquele tempo o rio, a margem, a mata estiveram bastante quietos... perfeitamente quietos. Eu só ouvia o pesado bater da roda de pás na água e o ruído daquelas coisas. Safamo-nos do emaranhado com dificuldade. Flechas!

Por Júpiter! Estavam atirando em nós! Entrei depressa na cabine, para fechar a veneziana que estava do lado da margem. O timoneiro idiota, com as mãos nos raios do timão, levantava alto os joelhos, batia os pés no chão, arreganhava os dentes, como um cavalo freado. Que ele se dane! Seguíamos aos trancos, a três metros da margem. Precisei me esticar todo para fora, a fim de fechar a pesada persiana, e vi uma cara no meio das folhas, à altura da minha, olhando-me com ferocidade e firmeza; e então, de súbito, como se um véu fosse removido dos meus olhos, enxerguei, no fundo da escuridão emaranhada, peitos nus, braços, pernas, olhos brilhando... o matagal fervilhava com membros humanos em movimento, reluzindo, cor de bronze. Os galhos sacudiam, balançavam, farfalhavam, flechas voavam dentre os arbustos, e então a veneziana se fechou. "Siga em linha reta", eu disse ao timoneiro. Ele manteve a cabeça rígida, olhando para a frente; mas os olhos giravam, os pés continuavam subindo e descendo, lentamente, e a boca espumava um pouco. "Quieto!", eu disse, furioso. Era como ordenar a uma árvore que não balançasse ao vento. Corri para fora. Lá embaixo, o convés de ferro ressoava num corre-corre; exclamações confusas; uma voz gritou: "Não dá para voltar?" Notei adiante marolas sobre a água, em formato de "v". O quê? Outro tronco! Uma saraivada explodiu abaixo de mim. Os peregrinos estavam abrindo fogo com as Winchesters, apenas desperdiçando chumbo na mata. Um grande rolo de uma fumaça dos diabos subiu e se deslocou, lentamente, adiante. Praguejei. Agora eu já não conseguia ver nem a marola nem o tronco. Pus-me de pé diante da porta, atento, e as flechas voavam em enxames. Talvez estivessem envenenadas, mas pareciam incapazes de matar um gato. O matagal começou a uivar. Nossos cortadores de lenha emitiram um brado de guerra; o disparo de uma carabina às minhas costas me deixou surdo.

Olhei por cima do ombro, e a cabine ainda estava cheia de barulho e fumaça, quando corri para o timão. O negro idiota abandonara tudo, para abrir a veneziana e disparar o Martini-Henry. Posicionara-se diante da porta escancarada, com os olhos arregalados, mas gritei para que voltasse, ao mesmo tempo em que corrigia uma súbita guinada do vapor. Não havia espaço para manobrar, mesmo que quisesse fazê-lo; o tronco estava em algum lugar, bem perto, naquela fumaça maldita, e não havia tempo a perder; então, arremeti o barco de encontro à margem... bem de encontro à margem, onde eu sabia que a água era profunda.

— Rasgamos, lentamente, a vegetação suspensa sobre o rio, num turbilhão de galhos partidos e folhas voando. A saraivada embaixo cessou, conforme eu previra, no momento em que a munição acabou. Joguei a cabeça para trás, diante de um zumbido cintilante que atravessou a cabine, entrando por um buraco da veneziana, saindo por outro. Olhando para além do timoneiro maluco, que sacudia a carabina vazia e berrava para a margem, vi vultos de homens correndo abaixados, saltando, escorregando, indistintos, incompletos, evanescentes. Algo grande surgiu no ar, diante da veneziana, a carabina caiu na água, e o homem deu um rápido passo atrás, olhou-me por cima do ombro, com uma expressão extraordinária, profunda, familiar, e tombou a meus pés. O lado da cabeça dele bateu duas vezes no timão e a ponta de algo semelhante a uma bengala comprida rolou, provocando um tinido e derrubando uma banqueta. Segundo parecia, após arrancar aquela coisa das mãos de alguém na margem, ele se desequilibrara, com o esforço. A fumaça se dissipara, tínhamos vencido os galhos submersos e, olhando em frente, constatei que, dali a cerca de cem metros, poderia manobrar o barco, afastando-o da margem; mas senti os pés tão quentes e úmidos que tive de olhar para baixo. O homem rolara de costas e olhava diretamente para mim; as duas mãos agarravam a tal bengala. Era a haste de uma lança que, atirada ou estocada através do buraco, o atingira no lado, abaixo das costelas; a lâmina tinha desaparecido dentro dele, após causar um talho horrendo; meus sapatos estavam encharcados; uma poça de sangue se espalhara e agora estava totalmente imóvel, reluzindo vermelho-escuro embaixo do timão; os olhos dele irradiavam um brilho impressionante. A saraivada irrompeu outra vez. Olhava-me aflito, agarrado à lança como algo precioso, como se temesse que eu lhe tomasse aquilo. Foi difícil desviar o olhar e atentar às manobras. Com uma das mãos, tateei acima da cabeça, em busca da corda do apito do vapor, e com gestos bruscos produzi guincho após guincho, às pressas. O tumulto dos gritos guerreiros cessou, instantaneamente; e então, das profundezas da mata, surgiu um gemido tão trêmulo e demorado, de tamanho pavor e desespero, que mais parecia suceder à fuga da derradeira esperança na face da Terra. Seguiu-se na mata grande comoção; a chuva de flechas parou, alguns disparos zuniram agudamente... então o silêncio, no qual a batida lânguida da roda de pás chegava claramente aos meus ouvidos. Manobrei o leme todo a estibordo, no momento em que o peregrino de pijama cor-de-rosa, suando e agitado, apareceu à porta. "O Gerente me mandou...", ele começou, falando em tom oficial, e se deteve. "Deus do céu!", disse, olhando espantado para o homem ferido.

— Nós dois, brancos, ficamos de pé ao lado dele, e aquele olhar brilhante e inquiridor nos envolveu. Juro que parecia que, a qualquer momento, ele nos faria uma pergunta num idioma compreensível; mas morreu sem emitir um som, sem mover um membro, sem contrair um músculo. Somente no momento extremo, como que em resposta a algum sinal que não podíamos ver, a algum sussurro que não podíamos ouvir, contraiu o cenho, e aquela contração conferiu à sua máscara mortuária negra uma expressão inconcebivelmente sombria, taciturna, ameaçadora. O brilho do olhar inquiridor logo se dissolveu num vazio vítreo. "Sabe navegar?", perguntei com ansiedade ao agente. Ele se mostrou bastante dúbio; mas agarrei-o pelo braço, e ele compreendeu logo que eu pretendia que ele conduzisse o barco, de qualquer maneira. Para dizer a verdade, eu estava morbidamente ávido por trocar os sapatos e as meias. "Ele está morto", murmurou o sujeito, imensamente impressionado. "Sem dúvida alguma", eu disse, puxando como um louco os cadarços dos sapatos. "E, a propósito, suponho que o Sr. Kurtz, a esta hora, também esteja morto."

— Naquele momento, essa era a idéia predominante. Prevalecia um sentimento de extrema decepção, como se eu houvesse descoberto que lutava por algo totalmente desprovido de sentido. Minha frustração não poderia ser maior, uma vez que eu viajara até ali com o único propósito de falar com o Sr. Kurtz. Falar com... atirei um dos sapatos no rio e me dei conta de que era exatamente aquela a minha expectativa... falar com Kurtz. Cheguei à estranha constatação de que nunca o imaginara fazendo qualquer coisa, os senhores sabem, exceto falando. Não dizia comigo mesmo, "agora jamais vou vê-lo", nem "agora jamais apertarei a mão dele"; mas dizia, "agora jamais vou ouvi-lo". O homem se apresentava como uma voz. Evidentemente, não digo que não o associasse a algum tipo de ação. Não tinha eu sido informado, em todos os tons de inveja e admiração, que ele recolhera, trocara, trapaceara ou roubara mais marfim do que todos os demais agentes juntos? Não era essa a questão. A questão é que ele era uma criatura talentosa, e que de todos os seus dons o mais proeminente, o que levava consigo uma noção de concretude, era sua habilidade de falar, suas palavras... o dom da expressão, atordoante, esclarecedor, mais elevado e mais desprezível, um vibrante facho de luz, ou um fluxo enganoso que advém do coração das trevas impenetráveis.

— O outro sapato voou para o demônio-deus do rio. Pensei, "por Júpiter! Está tudo acabado. Chegamos tarde demais; ele se foi... o dom se foi, em conseqüência de alguma lança, flecha ou clava. Enfim, nunca ouvirei o sujeito falar"... e a minha tristeza continha uma emoção surpreendentemente extravagante, similar à tristeza uivante que eu percebera nos selvagens na mata. Eu me sinto mais só e desolado do que nunca, mais do que se uma convicção me tivesse sido roubada ou se eu houvesse perdido o rumo na vida... Por que os senhores suspiram desse modo estúpido... ninguém fala? Absurdo? Bem, absurdo. Deus do céu! Será que um homem nunca pode... Alguém aí, dê-me um pouco de tabaco...

Seguiu-se uma pausa de profundo silêncio; então, um palito de fósforo flamejou e o rosto magro de Marlow surgiu, cansado, vazio, enrugado, as pálpebras caídas, com um ar de concentrada atenção; e, enquanto ele dava baforadas vigorosas no cachimbo, o rosto parecia recuar e avançar na noite, à luz trêmula da pequena chama. O fósforo apagou.

— Absurdo! — ele gritou. — Isso é a pior coisa, quando se tenta contar... Aí estão os senhores, cada um atracado em dois bons endereços, como um velho casco de navio com duas âncoras, o açougueiro numa esquina, o policial na outra, apetites excelentes e temperatura normal... ouviram?... normal, o ano inteiro. E os senhores dizem, "Absurdo!" Que o absurdo se... lasque! Absurdo! Meus caros rapazes, o que podem esperar de um homem que, por simples nervosismo, atira na água um par de sapatos novos! Agora que penso naquilo, é impressionante que não tenha chorado. Considerando as circunstâncias, orgulho-me da minha bravura. Atingira-me o âmago a idéia de perder o privilégio inestimável de ouvir o talentoso Kurtz. É claro que eu estava enganado. O privilégio me aguardava. Ah, isso mesmo, ouvi mais do que o suficiente. E eu estava certo, também. Uma voz. Era pouco mais do que uma voz. E ouvi... a ele... a ela... àquela voz... a outras vozes... todas eram pouco mais do que vozes... e a lembrança daquele tempo permanece comigo, impalpável, como a agonizante vibração de um grande vozerio, tolo, abominável, sórdido, selvagem, ou simplesmente cruel, sem o menor sentido. Vozes, vozes... até mesmo a tal jovem... agora...

Manteve-se em silêncio por um longo tempo.

— Enterrei, afinal, o espectro dos seus dons com uma mentira — ele recomeçou, de súbito. — Jovem! O quê? Eu disse uma jovem? Ah, ela está fora disso... completamente. Elas... refiro-me às mulheres... estão fora... devem ficar fora. Devemos ajudá-las a ficar naquele belo mundo que é só delas, senão o nosso vai piorar. Ah, ela precisava ficar fora. Os senhores deveriam ter ouvido o corpo exumado do Sr. Kurtz dizer, "Minha Pretendida". Teriam logo percebido o quanto ela estava fora. E o imponente osso frontal do Sr. Kurtz! Dizem que o cabelo continua a crescer por algum tempo, mas aquele... ah... o espécime era absolutamente calvo. A floresta tocara-lhe a cabeça e... pasmem!... era qual uma bola... uma bola de marfim; a floresta o acariciara, e... vejam só!... ele havia murchado; a floresta o possuíra, amara, abraçara, entrara-lhe nas veias, consumira-lhe a carne, e unira-se à alma dele por meio de inconcebíveis ritos de uma iniciação demoníaca. Ele era o favorito estragado e mimado. Marfim? Acho que sim. Aos montes, pilhas e pilhas. O velho casebre de taipa estourava de tanto marfim. Supostamente, não restava uma presa sequer acima ou abaixo do solo em toda aquela região. "A maioria é fóssil", o Gerente observara, em tom depreciativo. Não era mais fóssil do que eu sou fóssil; mas o chamam de fóssil quando é desenterrado. Parece que os negros, por vezes, enterram as presas... mas, evidentemente, não enterraram aquele lote fundo o bastante de modo a salvar o talentoso Sr. Kurtz do seu próprio destino. Enchemos o vapor com o marfim, e tivemos de empilhar grande parte no convés. Assim ele pôde ver e desfrutar enquanto foi capaz de ver, pois até o final ele reconheceu os benefícios. Os senhores deviam tê-lo ouvido dizer, "Meu marfim". Isso mesmo, eu o ouvi. "Minha Pretendida, meu marfim, meu posto, meu rio, meu...", tudo lhe pertencia. Aquilo me fez prender a respiração, na expectativa de ouvir a mata explodir numa prodigiosa gargalhada capaz de sacudir as estrelas em suas órbitas. Tudo lhe pertencia... mas aquilo era ninharia. A questão era saber ao quê ele pertencia, quantas forças das trevas o disputavam. Esse era o pensamento que causava arrepios no corpo inteiro. Era impossível... e tampouco adiantava... tentar imaginar. Ele havia ocupado um assento nobre entre os demônios da região... literalmente. Os senhores não compreendem. Como poderiam?... Com ruas pavimentadas embaixo dos pés, cercados de vizinhos gentis dispostos a elogiá-los ou criticá-los, transitando cautelosamente entre o açougueiro e o policial, em meio ao sagrado horror ao escândalo, à forca e ao manicômio... como poderiam imaginar a qual região específica das eras primevas os pés libertos de um homem podem conduzi-lo pela via da solidão... solidão absoluta, sem um policial... pela via do silêncio... silêncio absoluto, onde nenhuma voz de um vizinho gentil pode ser ouvida, sussurrando um alerta relacionado à opinião pública? Essas pequenas coisas fazem toda a diferença. Quando elas se vão, somos obrigados a recorrer à nossa força interior, à nossa própria capacidade de confiar. É claro que é possível ser tolo o bastante para se enganar... parvo demais até para perceber que se está sendo atacado pelas forças das trevas. Suponho que tolo algum terá barganhado a própria alma com o diabo;

o tolo é tolo demais, ou o diabo é diabólico demais... não sei qual será o caso. Ou então, é possível ser uma criatura tão tremendamente superior a ponto de ficar surda e cega a tudo que não sejam sons e visões celestiais. Para tal pessoa a Terra é apenas um local de espera... e se quem é assim incorre em perda ou ganho, não sei dizer. Mas a maioria de nós não é nem de um tipo nem do outro. A Terra para nós é um local para viver, onde temos de tolerar visões, sons e cheiros também, por Júpiter!... Cheirar hipopótamo podre, digamos, e não nos deixarmos contaminar. E então, os senhores não percebem? A força entra em jogo, a confiança na capacidade de escavar buracos discretos para enterrar a coisa... sob o poder da devoção, não a si próprio, mas a uma empreitada obscura, árdua. E isso é bem difícil. Vejam bem, não estou tentando me desculpar, nem mesmo explicar... estou tentando esclarecer para mim mesmo a... a... a sombra do Sr. Kurtz. Aquele espectro iniciado, vindo dos confins de Lugar Nenhum, honrou-me com sua confidência espantosa antes de desaparecer. Isso porque ele podia falar inglês comigo. Parte da formação do Kurtz original ocorrera na Inglaterra e, conforme ele teve a bondade de informar, suas simpatias convergiam para lugar certo. A mãe era meio inglesa e o pai meio francês. Toda a Europa contribuíra para a criação de Kurtz; e, pouco a pouco, soube que, muito a propósito, a Sociedade Internacional para a Supressão dos Costumes Selvagens o incumbira de preparar um relatório, que a ela servisse de orientação no futuro. E ele havia escrito o relatório. Eu o vi. Eu o li. Era eloquente, vibrava de eloquência, mas era por demais alarmista, acho eu. Ele havia encontrado tempo para escrever dezessete páginas de letra miúda! Mas isso deve ter sido antes de... digamos... seus nervos capitularem, levando-o a presidir certas danças à meia-noite que culminavam em ritos inomináveis, os quais... conforme, muito a contragosto, deduzi do que ouvi diversas vezes... eram a ele ofertados... os senhores entenderam?... ao próprio Kurtz. Mas tratava-se de um belo texto. O parágrafo inicial, no entanto, à luz de informações posteriores, agora me parece nefasto. Iniciava com o argumento de que nós, brancos, devido ao grau de desenvolvimento que havíamos alcançado, "pareceríamos, forçosamente, a eles [os selvagens] como seres de natureza sobrenatural... e deles nos aproximamos com a força de algo semelhante a uma divindade", e assim por diante. "Pelo simples exercício da nossa vontade, podemos exercer uma força pelo bem, praticamente sem limites" etc. etc. Dali, ele se elevava às alturas, e me levava junto. A conclusão foi magnífica, embora seja difícil recordá-la, os senhores entendem. Deu-me a impressão de uma Imensidão exótica, comandada por uma Benevolência ilustre. Fez-me estremecer de entusiasmo. Era a força ilimitada da eloqüência... das palavras... de palavras elevadas e ardentes. Não havia indicações práticas para sinalizar interrupções no fluxo mágico das frases, a menos que uma nota ao pé da última página, evidentemente rabiscada muito mais tarde, numa caligrafia trêmula, possa ser considerada um indício de método. Era bastante simples e, ao término daquele apelo comovente a todo e qualquer sentimento altruísta, flamejava, luminosa e assustadora, qual relâmpago num céu sereno: "Exterminem todos os brutos!" O curioso era que, aparentemente, ele havia esquecido o valioso apontamento, porque, tempos depois, quando, em certo sentido, recuperou o bom senso, ele me instou várias vezes a zelar pelo "meu panfleto" (assim o chamava), pois, no futuro, o escrito haveria de exercer influência positiva em sua carreira. Eu tinha informações completas sobre tudo isso e, além do mais, no fim das contas, fiquei encarregado da memória dele. Já fiz tanto por tal memória que conquistei o direito inalienável de depositá-la, se assim desejar, para descanso eterno na lata de lixo do progresso, junto a toda sujeira e, falando figurativamente, todos os gatos mortos da civilização. Mas, os senhores sabem, não tenho essa opção. Ele não será esquecido. Seja lá o que tenha sido, não era uma pessoa comum. Tinha o poder de encantar ou amedrontar as almas simplórias, levando-as a realizar uma exasperada dança de bruxas em sua homenagem; era também capaz de encher de dúvidas atrozes as almas pequenas dos peregrinos: tinha ao menos um amigo dedicado, e conquistara uma alma no mundo que não era nem simplória nem maculada por egoísmo. Não; não posso esquecê-lo, embora não possa afirmar que valesse as baixas que sofremos para chegar até lá. Lamentei muito o desaparecimento do meu timoneiro falecido... lamentei-lhe o desaparecimento já no instante em que seu corpo estava estirado na cabine do piloto. Talvez os senhores achem estranho esse pesar por um selvagem que não valia mais do que um grão de areia no Saara negro. Bem, os senhores não percebem, ele tinha feito algo; pilotara o barco; durante meses eu o tive atrás de mim... uma ajuda... um instrumento. Era uma espécie de parceria. Ele pilotava para mim... eu cuidava dele, preocupava-me com suas deficiências, e assim um elo sutil fora criado, do qual só me dei conta quando subitamente se rompeu. E a íntima profundidade daquele olhar que ele me lançou ao ser ferido trago ainda hoje na memória... como a reivindicação de um distante parentesco afirmada num momento extremo.

— Pobre infeliz! Bastava ter deixado aquela veneziana em paz. Não se continha, não se continha... exatamente como Kurtz... uma árvore balançada pelo vento. Tão logo calcei um par de chinelos secos, arrastei-o para fora, depois de arrancar a lança que lhe penetrara o flanco, operação que, confesso, realizei de olhos fechados. Os calcanhares dele saltaram, juntos, o batente da porta; os ombros estavam pressionados contra o meu tórax; abraçava-o por trás, em desespero. Ah! Era pesado, pesado; mais pesado do que qualquer homem na face da Terra, suponho. Então, sem mais delongas, joguei-o por cima da amurada. A correnteza o agarrou como se ele fosse uma folha de relva, e vi o corpo revolver duas vezes, antes de perdê-lo de vista para sempre. Os peregrinos e o Gerente achavam-se agrupados no convés coberto, próximos da cabine, tagarelando como um bando de periquitos nervosos, e havia um murmúrio escandalizado diante da minha desalmada presteza. Por que haveriam de querer o cadáver por ali, não faço idéia. Para embalsamá-lo, talvez. Mas ouvi outro murmúrio, um tanto sinistro, convés abaixo. Meus amigos lenhadores também pareciam escandalizados, e com mais razão para tal... embora eu reconheça que a razão em si fosse inadmissível. Totalmente! Eu havia decidido que, se meu timoneiro falecido fosse devorado, o seria somente pelos peixes. Em vida tinha sido um timoneiro de segunda categoria, mas, agora que estava morto, talvez se tornasse uma tentação de primeira linha e quem sabe até causaria problemas. Além disso, eu estava ansioso por assumir o timão, pois o sujeito de pijama cor-de-rosa se mostrava um desajeitado, inútil na função.

— Foi isso que eu fiz, tão logo o singelo funeral acabou. Seguíamos à meia velocidade, mantendo-nos bem no centro da correnteza, e fiquei escutando a conversa a meu respeito. Tinham desistido de Kurtz, tinham desistido do posto; Kurtz estava morto, e a estação fora incendiada... e assim por diante. O peregrino ruivo vibrava com a idéia de que, ao menos, o pobre Kurtz tinha sido devidamente vingado. "Ora! Com certeza fizemos uma gloriosa matança naquele matagal. Hein? O que o senhor acha? Hein?" Chegava a dançar, o miserável ruivinho sanguinário. E tinha quase desmaiado quando vira o sujeito ferido! Não pude me conter, e disse, "os senhores fizeram uma gloriosa fumaceira, pelo menos". Pude constatar, quando vi que as copas dos arbustos farfalhavam e sacudiam, que quase todos os disparos tinham sido altos demais. Não se pode alvejar nada, a menos que se faça pontaria com apoio no ombro; mas aqueles sujeitos disparavam da altura da cintura, e com os olhos fechados. O recuo... insisti... e estava certo... foi causado pelo guincho do apito do vapor. Quando eu disse isso, esqueceram Kurtz e começaram a uivar protestos contra mim.

— O Gerente, ao lado do timão, murmurava, em tom confidencial, a necessidade de descermos o rio, a qualquer custo, antes que escurecesse, quando avistei, a distância, uma clareira na margem e o contorno de uma espécie de edificação. "O que é aquilo?", perguntei. Ele bateu palmas. "O posto!", gritou admirado. Guinei para a margem, imediatamente, ainda à meia velocidade.

— Com o binóculo avistei a encosta de uma colina entremeada de poucas árvores e nenhuma vegetação rasteira. No topo havia uma construção alongada, em ruínas, quase enterrada no mato alto; vistos a distância, rombos no telhado pontiagudo eram bocarras negras; a selva e o matagal compunham o pano de fundo. Não havia qualquer tipo de muro ou cerca; mas parecia outrora ter havido, pois, perto da casa, restaram meia dúzia de estacas finas, enfileiradas, toscamente acabadas e ornamentadas na parte superior com esferas esculpidas. As madeiras transversais, ou seja lá o que houvesse entre as estacas, tinham sumido. É claro que a floresta cercava tudo. A margem estava livre, e à beira do rio vi um homem branco usando um chapéu que parecia uma roda de carroça, acenando o braço com insistência. Examinando a orla da mata, acima e abaixo, eu podia jurar que via movimento... formas humanas deslizando aqui e ali. Passei ao largo, com toda prudência; em seguida desliguei o motor e deixei o barco descer na correnteza. O homem que estava na margem começou a gritar, instando-nos a desembarcar. "Fomos atacados", gritou o Gerente. "Eu sei... eu sei. Está tudo bem", gritou o outro, com uma alegria que os senhores nem imaginam. "Podem vir. Está tudo bem. É um prazer."

— A aparência dele me fez lembrar algo que eu tinha visto... algo engraçado que eu tinha visto em algum lugar. Enquanto manobrava para encostar, perguntava a mim mesmo, "Com o que esse sujeito se parece?" De repente me dei conta. Parecia um arlequim. A roupa dele tinha sido feita, provavelmente, com algodão cru marrom, mas estava coberta de remendos coloridos... azuis, vermelhos e amarelos... remendos atrás, remendos na frente, remendos nos cotovelos, nos joelhos; debruns coloridos no paletó, acabamento vermelho nas bainhas das calças; e o sol lhe emprestava uma aparência extremamente alegre e absolutamente maravilhosa, pois era visível a beleza da aplicação dos remendos. Um rosto imberbe, de garoto, bastante claro, traços comuns, o nariz descascando, pequenos olhos azuis, sorrisos e olhares sérios perseguindo-se uns aos outros numa fisionomia aberta, assim como o sol e a sombra se perseguem numa planície varrida pelo vento. "Cuidado, comandante!", ele gritou; "um tronco ficou preso aí ontem à noite." O quê? Mais um tronco? Confesso que praguejei descaradamente. Quase abri um buraco no meu aleijão, só para encerrar aquela viagem tão charmosa. O arlequim na margem virou o narizinho arrebitado em minha direção. "O senhor é inglês?", ele perguntou, todo sorridente. "Você é?", gritei detrás do timão. O sorriso desapareceu, e ele sacudiu a cabeça, como se lamentasse a minha decepção. Em seguida animou-se. "Não importa!", gritou, incentivando-nos. "Chegamos a tempo?", perguntei. "Ele está lá em cima", respondeu, fazendo com a cabeça um sinal em direção ao topo do morro e tornando-se subitamente taciturno. Seu rosto era como o céu de outono, encoberto num instante e ensolarado no seguinte.

— Quando o Gerente, escoltado pelos peregrinos, todos armados até os dentes, foi até a casa, o sujeito veio a bordo. "Olha, não estou gostando disso. Esses nativos estão aí na mata", eu disse. Ele me garantiu, com seriedade, que estava tudo bem. "É gente simples", acrescentou; "bem, fico feliz com a chegada dos senhores. Levei muito tempo tentando mantê-los a distância." "Mas você disse que estava tudo bem", gritei. "Ah, eles não fariam mal", ele disse; mas, diante do meu olhar fixo, corrigiu: "Geralmente, não". Então, com vivacidade: "Por Deus! A sua cabine precisa de uma limpeza!" Em seguida, disse-me que mantivesse vapor suficiente na caldeira, para fazer soar o apito, se houvesse encrenca. "Um bom guincho fará mais pelos senhores do que todas as suas carabinas. É gente simples", repetiu. Tagarelava a tal velocidade que me perturbava. Parecia querer compensar longos silêncios e chegou a insinuar, rindo, que seria esse o caso. "Você não conversa com o Sr. Kurtz?", eu disse. "Não se conversa com aquele homem... ouve-se aquele homem!", ele exclamou, com um entusiasmo contido. "Mas agora..." Acenou com o braço e, num piscar de olhos, mergulhou no mais profundo desânimo. No instante seguinte, reanimou-se, dando um salto, apoderou-se das minhas duas mãos, sacudindo-as continuamente, enquanto matraqueava: "Marujo irmão... honra... prazer... satisfação... apresentar-me... russo... filho de um grande presbítero... Governo de Tambov... O quê? Tabaco? Tabaco inglês; o excelente tabaco inglês! Ora, isso é camaradagem. Fuma! Onde já se viu marujo que não fuma!"

— O cachimbo o acalmou e, aos poucos, compreendi que ele tinha fugido da escola, ganhara o mar num navio russo; fugira novamente; trabalhara em alguns navios ingleses; agora se reconciliara com o grande presbítero. Fez questão de dizer isso. "Mas, quando se é jovem, é preciso ver coisas, acumular experiências, idéias, abrir a mente!" "Aqui!", interrompi. "Nunca se sabe! Aqui encontrei o Sr. Kurtz", ele disse, com uma jovialidade solene e acusativa. Depois disso segurei a língua. Constava que ele houvesse convencido uma companhia comercial holandesa sediada no litoral a abastecê-lo com suprimentos e mercadorias, e partira para o interior, com a mente despreocupada, tão incauto quanto um bebê. Perambulava sozinho por aquele rio havia quase dois anos, isolado de tudo e de todos. "Não sou tão jovem quanto pareço. Tenho vinte e cinco anos", ele disse. "No começo, o velho Van Shuyten me mandava para o diabo", narrava com intensa satisfação; "mas insisti, e falei e falei, até que o venci pelo cansaço; ele então me entregou umas bugigangas e algumas armas, e disse que esperava nunca mais ver a minha cara. Bom sujeito, o velho holandês, Van Shuyten. Mandei para ele um pequeno lote de marfim um ano atrás, para que não me chame de ladrãozinho quando eu voltar. Espero que tenha recebido. E quanto ao resto, não me importo. Deixei um pouco de lenha empilhada para o senhor. Aquela era a minha antiga casa. O senhor viu?"

— Entreguei-lhe o livro de Towson. Fez como se fosse me beijar, mas se conteve. "O último livro que eu tinha, e pensava tê-lo perdido", ele disse, em êxtase, olhando para o livro. "Tantos acidentes ocorrem com um homem que viaja sozinho, o senhor sabe. Canoas viram, às vezes... e às vezes é preciso fugir às pressas, quando essa gente se zanga." Folheou as páginas. "Os apontamentos estão em russo?", perguntei. Ele assentiu. "Pensei que estivessem em código", eu disse. Ele riu, e depois ficou sério. "Foi muito difícil manter essa gente longe", disse. "Tentaram matá-lo?", perguntei. "Oh, não!", exclamou, e calou-se. "Por que nos atacaram?", prossegui. Ele hesitou, e então disse, acanhado: "Não querem que ele se vá". "Não querem?", eu disse, com curiosidade. Ele meneou a cabeça, um meneio pleno de mistério e sabedoria. "Vou lhe dizer uma coisa", ele exclamou, "esse homem abriu a minha mente." Abriu os braços, fitando-me com os seus pequenos olhos azuis perfeitamente redondos.

III

— Olhei para ele, absolutamente perplexo. Ali estava, diante de mim, de roupa colorida, como se houvesse fugido de uma trupe de mímicos, todo entusiasmado, fabuloso. Sua mera existência era improvável, inexplicável, e plenamente atordoante. Era um problema insolúvel. Era inconcebível como pudera existir, como fora capaz de chegar tão longe, como conseguira resistir... por que não desaparecera instantaneamente. "Fui um pouco mais longe", ele disse, "e um pouco mais longe ainda... até que cheguei tão longe, que não sei como voltar. Não importa. Sobra tempo! Eu consigo. Leve Kurtz embora daqui, depressa... depressa... estou lhe dizendo." O encanto da juventude envolvia-lhe os trapos multicores, a penúria, a solidão, a desolação essencial do seu vagar inútil. Durante meses... durante anos... sua vida não valera um centavo... e agora lá estava ele, despreocupadamente, galantemente vivo, parecendo indestrutível, apenas em virtude de seus poucos anos de vida e sua irrefletida audácia. Deixei-me seduzir por algo como admiração... como inveja. O encanto o impelia, o encanto o mantinha ileso. Decerto nada queria da selva, exceto espaço para respirar e seguir em frente. Sua necessidade era de existir e seguir em frente, com o maior risco possível e o grau máximo de privação. Se o absolutamente puro, despretensioso e nada prático espírito da aventura jamais comandou um ser humano, comandava aquele jovem cheio de remendos. Quase lhe invejei a posse daquela chama tão clara e modesta. Ela parecia haver de tal modo consumido todo e qualquer pensamento de seu eu que, mesmo enquanto ele falava com alguém, a pessoa esquecia que era ele... aquele homem que estava bem diante dos olhos... que havia passado por tudo aquilo. Contudo, não lhe invejava a devoção a Kurtz. Ele não havia refletido acerca da questão. Surgira-lhe à frente e ele a aceitara com uma espécie de sôfrego fatalismo. Devo dizer que, para mim, tratava-se do maior perigo, em todos os sentidos, que ele enfrentara até então.

— A convergência dos dois tinha sido inevitável, como dois navios que se aproximam numa calmaria, e que finalmente se esbarraram. Suponho que Kurtz desejasse um ouvinte, porque, certa vez, acampados na selva, conversaram a noite inteira ou, provavelmente, Kurtz falara. "Conversamos sobre tudo", ele disse, arrebatado pela recordação. "Esqueci que existia algo chamado sono. A noite pareceu não durar uma hora. Tudo! Tudo!... Sobre o amor também". "Ah, ele lhe falou sobre o amor!", eu disse, bastante entretido. "Não é o que o senhor está pensando", ele exclamou, quase comovido. "Foi de modo geral. Ele me fez ver certas coisas... coisas."

— Ergueu os braços. Estávamos no convés, e o líder dos meus cortadores de lenha, que descansava perto de nós, voltou para ele os olhos pesados e brilhantes. Olhei ao redor, e não sei por que, mas posso garantir-lhes que jamais, jamais aquela região, aquele rio, aquela selva, a própria abóbada daquele céu escaldante pareceram-me tão sem esperança e tão sombrios, tão impenetráveis ao pensamento humano, tão impiedosos com a fraqueza humana. "E desde aquele momento, você tem estado ao lado dele, não é mesmo?", eu disse.

— Ao contrário. Parece que a interação dos dois tinha sido bastante fragmentada, por vários motivos. Ele havia, conforme me informou orgulhosamente, cuidado de Kurtz quando este estivera duas vezes enfermo (referia-se ao fato como quem se refere a uma façanha arriscada), mas, de modo geral, Kurtz vagava sozinho pelas profundezas da mata. "Muitas vezes, ao chegar ao posto, eu era obrigado a esperar dias e dias, até ele aparecer", disse. "Ah! Valia a pena esperar... às vezes." "O que ele fazia? Exploração, ou o quê?", perguntei. Ah! Isso mesmo. Claro que ele havia descoberto diversas aldeias, um lago também... ele não sabia, exatamente, em qual direção ficava; era arriscado fazer perguntas demais... Contudo, a maioria das expedições era em busca de marfim. "Mas, naquela época não havia mercadorias para serem trocadas", objetei. "Ainda sobrou muito cartucho por aí", ele respondeu, desviando o olhar. "Falando francamente, ele saqueava o território", eu disse. Ele assentiu. "Não sozinho, é óbvio!" Murmurou algo acerca das aldeias em volta do lago. "Kurtz convenceu a tribo a segui-lo, não foi?", sugeri. Ele se inquietou um pouco. "Eles o adoravam", disse. O tom dessas palavras foi tão extraordinário que olhei para ele com um ar inquisitivo. Era curioso ver aquela mescla de vontade e relutância em falar de Kurtz. O homem preenchia-lhe a vida, ocupava-lhe o pensamento, mexia com suas emoções. "O que o senhor esperava!", explodiu; "ele chegou trazendo o trovão e o raio, o senhor sabe... e eles nunca tinham visto nada parecido... e tão terrível. Ele sabia ser terrível. Não se pode julgar o Sr. Kurtz como se julga um homem comum. Não, não, não! Agora... só para lhe dar uma idéia... não tem problema lhe contar: um dia ele quis me fuzilar... mas não o julgo." "Fuzilá-lo!", gritei. "Por quê?" "Bem, eu tinha um pequeno lote de marfim, que o chefe daquela aldeia perto da minha casa tinha me dado. Eu costumava abater caça para eles. Bem, ele queria o marfim, e de nada adiantava argumentar. Declarou então que me fuzilaria, se eu não lhe desse o marfim e depois sumisse daqui... porque ele seria capaz de fazê-lo, e até se sentia inclinado a tal, e nada no mundo poderia impedi-lo de matar quem bem quisesse. E era verdade mesmo. Entreguei-lhe o marfim. Pouco me importava! Mas não sumi. Não, não. Eu não podia deixá-lo. Precisei ser cauteloso, evidentemente, até que voltássemos a ser amigos. Foi então que ele ficou doente pela segunda vez. Depois precisei manter-me distante, mas não me importei. Ele passava a maior parte do tempo nas tais aldeias do lago. Quando descia até o rio, por vezes, me procurava e, por vezes, era melhor eu tomar cuidado. Esse homem sofreu demais. Detestava tudo isso mas, de certo modo, não conseguia escapar. Sempre que tinha uma oportunidade, eu lhe implorava que tentasse sair dali enquanto havia tempo; oferecia-me para voltar com ele. E ele dizia, sim... e então ficava... partia em nova busca por marfim... desaparecia por semanas... perdia-se entre essa gente... o senhor sabe." "Ora! É louco", eu disse. Ele protestou com indignação. O Sr. Kurtz não poderia ser louco. Se eu tivesse escutado ele falando dois dias antes, não me atreveria a fazer semelhante insinuação... Eu pegara o binóculo, enquanto conversávamos, e olhava a margem, varrendo a orla da floresta, de ambos os lados e atrás da casa. A consciência de haver gente no matagal, tão calada, tão quieta... tão calada e quieta quanto a casa em ruínas no topo do morro... deixava-me apreensivo. Não havia sinal, atinente à natureza, daquele relato impressionante que, antes de ser verbalizado, não me fosse sugerido por meio de exclamações desoladas, complementadas por um encolher de ombros, em meio a frases interrompidas, insinuações que culminavam em profundos suspiros. A mata permanecia impassível qual máscara... pesada como o portão fechado de um presídio... Mirava com um ar de quem detém algum conhecimento secreto, uma espreita paciente, um silêncio incomparável. O russo me explicava que fazia pouco tempo que o Sr. Kurtz descera até o rio, trazendo consigo todos os guerreiros da tribo do lago. Estivera ausente durante vários meses... fazendo-se adorar, suponho... e surgira inesperadamente, com o suposto intento de realizar uma incursão à outra margem ou rio abaixo. Obviamente, o apetite por marfim levava a melhor do que... como direi... aspirações menos materiais. No entanto, de repente, ele piorou muito. "Ouvi dizer que estava prostrado, então subi até aqui... arrisquei-me", disse o russo. "Ah, ele está mal, muito mal." Direcionei o binóculo para a casa. Não havia sinal de vida, mas lá estavam o telhado esburacado, a longa parede de taipa espiando acima do capim, com três pequenas janelas quadradas, cada qual de um tamanho, tudo isso ao alcance da minha mão, por assim dizer. E então fiz um gesto brusco, e uma das estacas remanescentes da cerca desaparecida saltou dentro do campo de visão do binóculo. Os senhores se recordam quando eu disse que, a distância, ficara surpreso com certos ornamentos, extraordinários em meio ao aspecto decadente do lugar. Agora eu tinha uma visão mais próxima, e o que eu vi, como primeira reação, fez minha cabeça ir para trás, como se sofresse um golpe. Em seguida, passei o binóculo de estaca em estaca, e enxerguei meu equívoco. Aqueles calombos arredondados não eram ornamentos, mas símbolos; eram expressivos e enigmáticos, impactantes e perturbadores... alimentariam reflexões e também abutres, se houvesse algum olhando lá do céu; em todo caso, alimentariam formigas diligentes o bastante para escalar estacas. Seriam ainda mais impressionantes, aquelas cabeças nas estacas, se as faces não estivessem voltadas para a casa. Somente uma, a primeira que avistei, voltava-se na minha direção. Não fiquei tão chocado como os senhores possam imaginar. O sobressalto, na realidade, não passou de um movimento de surpresa. Eu esperava ver ali uma esfera de madeira, os senhores entendem. Voltei, propositadamente, à primeira que avistara... e lá estava, negra, seca, encovada, as pálpebras cerradas... uma cabeça que parecia dormir na ponta da estaca, com os lábios ressequidos e murchos mostrando uma estreita fileira de dentes brancos, sorrindo, sorrindo continuamente de algum sonho jocoso e infinito naquele sono eterno.

— Não estou revelando nenhum segredo comercial. Na realidade, o Gerente disse mais tarde que os métodos empregados pelo Sr. Kurtz haviam arrasado a região. Não tenho opinião a esse respeito, mas quero que os senhores entendam, claramente, que nada havia de lucrativo na presença daquelas cabeças ali. Apenas demonstravam que o Sr. Kurtz carecia de comedimento na satisfação de seus vários caprichos, que havia nele certa carência... alguma questão menor que, sob determinada pressão, desaparecia em meio à sua magnífica eloqüência. Se ele próprio estava ciente dessa deficiência, não sei dizer. Acho que tal constatação adveio no final... somente bem no final. Mas a selva o encontrara no início, e lhe impusera uma terrível vingança pela fantástica invasão. Acho que a selva cochichou-lhe coisas sobre ele mesmo que ele próprio não sabia, coisas das quais não tinha consciência até se aconselhar com aquela grande solidão... e o cochicho exercera um fascínio irresistível. Reverberou alto dentro dele, porque ele era vazio... Abaixei o binóculo, e a cabeça que parecia tão próxima a ponto de eu poder conversar com ela, subitamente, pareceu dar um salto para longe, a uma distância inacessível.

— O admirador do Sr. Kurtz ficou um tanto cabisbaixo. Numa voz apressada e indistinta, começou a me dizer que não se atrevera a retirar aqueles... digamos... símbolos. Não que tivesse receio dos nativos; eles não se insurgiriam enquanto o Sr. Kurtz não os autorizasse. A ascendência dele era extraordinária. Os acampamentos daquela gente cercavam o local, e os líderes vinham vê-lo diariamente. Rastejavam... "Não quero saber nada sobre os ritos observados para se aproximarem do Sr. Kurtz", gritei. Curiosa essa sensação que eu tinha, de que tais detalhes seriam mais intoleráveis do que as cabeças secando nas estacas diante das janelas da casa do Sr. Kurtz. Afinal, aquilo era apenas uma visão selvagem, enquanto eu parecia estar prestes a ser transportado a uma região tenebrosa, de horrores sutis, onde a selvageria pura e simples constituía um verdadeiro alívio, algo que tinha o direito de existir... evidentemente... à luz do sol. O jovem olhou para mim com surpresa. Suponho que não lhe ocorrera que, para mim, o Sr. Kurtz não era um ídolo. Ele esquecera que eu não tinha ouvido nenhum daqueles esplêndidos monólogos sobre, o que era mesmo? Amor, justiça, conduta da vida... sei lá mais o quê. Se dependesse de rastejar diante do Sr. Kurtz, ele rastejaria como o mais selvagem dos selvagens. Eu não fazia idéia das circunstâncias, ele dizia: aquelas cabeças eram cabeças de rebeldes. Choquei-o com minha gargalhada. Rebeldes! Qual seria a próxima definição que eu teria de ouvir? Havia os inimigos, os criminosos, os trabalhadores... e aqueles eram... os rebeldes. Aquelas cabeças rebeldes me pareciam um tanto submissas nas estacas. "O senhor não sabe o quanto esse tipo de vida atormenta um homem como Kurtz", exclamou o último discípulo de Kurtz. "Bem, e você?", eu disse. "Eu! Eu! Eu sou um homem simples. Não tenho grandes pensamentos. Não quero nada de ninguém. Como pode o senhor me comparar com...?" A emoção era tão forte que lhe impedia a fala, e, de repente, ele sucumbiu. "Não compreendo", gemeu. "Tenho feito tudo o que posso para mantê-lo vivo, e isso já é bastante. Nada tenho a ver com tudo isso. Não tenho dons. Há meses não existe por aqui uma gota de medicamento, nem um bocado de comida para um inválido. Ele foi vergonhosamente abandonado. Um homem como esse, com tais idéias. Vergonhoso! Vergonhoso! Eu... eu... não durmo há dez noites..."

— Sua voz se perdeu na calma do anoitecer. A sombra comprida da floresta havia escorregado encosta abaixo enquanto conversávamos, chegando bem além do casebre arruinado, além da simbólica fileira de estacas. Aquilo tudo já estava na penumbra, enquanto nós, lá embaixo, ainda estávamos ao sol, e o braço de rio diante da clareira cintilava num esplendor plácido e deslumbrante, com uma curva escura e sombria acima e outra abaixo. Não se via na margem vivalma. O matagal não se mexia.

— De repente, detrás de um dos cantos da casa, apareceu um grupo de homens, como se tivessem surgido do solo. Caminhavam com dificuldade e em bloco, o capim até a cintura, e transportavam uma padiola improvisada. De súbito, no vazio da paisagem, ecoou uma gritaria cuja estridência perfurou o ar imóvel, qual uma flecha afiada disparada diretamente contra o coração da terra. E, como por encanto, torrentes de seres humanos... seres humanos nus... carregando lanças, arcos, escudos, com olhares e movimentos selvagens, foram despejados na clareira pela floresta de fisionomia escura e pensativa. O matagal se mexeu, o capim ondulou por um momento, e então tudo se aquietou em atenta imobilidade.

— "Agora, se ele não disser a coisa certa para eles, será o nosso fim", disse o russo, a meu lado. O bloco de homens com a padiola também se detivera, na metade do caminho até o vapor, como que petrificado. Vi o homem na padiola erguer-se e sentar, esquálido, com o braço erguido acima dos ombros dos carregadores. "Tomara que o homem que sabe falar tão bem sobre amor, em geral, encontre uma boa razão para nos salvar desta vez", eu disse. Eu lamentava amargamente o risco absurdo da nossa situação, como se estar à mercê daquele espectro horrendo fosse uma necessidade desonrosa. Eu não ouvia qualquer som, mas, pelo binóculo, via o braço magro estendido em sinal de comando, o maxilar inferior movendo-se, os olhos daquela assombração brilhando sombriamente numa cabeça ossuda que balançava com solavancos grotescos. Kurtz... Kurtz... significa "baixo" em alemão... não é? Bem, o nome era tão autêntico quanto tudo o mais em sua vida... e morte. Ele parecia ter ao menos dois metros de altura. A manta havia caído, e seu corpo emergira, deplorável e apavorante, como se saísse de uma mortalha. Eu conseguia ver suas costelas se mexendo, os ossos do braço acenando. Era como se uma forma animada da morte, entalhada em marfim velho, estivesse sacudindo a mão, ameaçadoramente, para um bando imóvel de homens feitos de bronze escuro e reluzente. Vi quando arreganhou a boca... o que lhe conferiu um aspecto estranhamente voraz, como se ele quisesse engolir todo o ar, toda a terra, todos os homens diante dele. Uma voz profunda chegou aos meus ouvidos, embora fraca. Ele devia estar gritando. Subitamente, caiu para trás. A padiola sacudiu, enquanto os carregadores cambaleavam, seguindo em frente, e quase ao mesmo tempo percebi que a multidão de selvagens desaparecia sem qualquer movimento perceptível de retirada, como se a floresta, que os ejetara tão repentinamente, os houvesse recolhido, como o ar é inalado numa longa aspiração.

— Alguns peregrinos, atrás da padiola, carregavam as armas dele... duas espingardas, uma carabina pesada, uma pistola leve... os raios daquele Júpiter deplorável. O Gerente curvou-se, sussurrando enquanto caminhava ao lado da cabeça dele. Depuseram-no numa das pequenas choupanas... um cômodo com espaço apenas para um local para dormir, e uma ou duas banquetas, os senhores sabem. Havíamos trazido a correspondência dele atrasada, e uma pilha de envelopes rasgados e cartas abertas amontoavam-se sobre a cama. A mão dele vagava debilmente entre os papéis. Fiquei impressionado com o fogo dos seus olhos e com a languidez serena da sua expressão. Não era tanto a exaustão causada pela enfermidade. Não aparentava padecer dor. Aquela sombra parecia satisfeita e tranqüila, como se por ora estivesse saciada do seu quinhão de emoções.

— Ele manuseou uma das cartas e, olhando-me nos olhos, disse, "Muito prazer". Alguém lhe escrevera a meu respeito. As tais recomendações especiais ressurgiam. O volume da voz que ele emitia sem esforço, quase sem se dar ao trabalho de mover os lábios, surpreendeu-me. Que voz! Que voz! Era grave, profunda, vibrante, enquanto o homem parecia incapaz de um sussurro. Contudo, ele tinha força suficiente... artificiosa, sem dúvida... para quase dar cabo de nós, conforme os senhores em breve poderão constatar.

O Gerente apareceu à porta, calado; saí imediatamente, e ele puxou a cortina atrás de mim. O russo, observado com curiosidade pelos peregrinos, olhava para a margem do rio. Segui a direção do seu olhar.

— Escuras formas humanas podiam ser avistadas a distância, esvoaçando indistintamente diante da sombria orla da floresta; perto do rio, duas brônzeas figuras apoiadas em longas lanças posicionavam-se ao sol, vestidas para guerra, com fantásticos adornos na cabeça, confeccionados com peles malhadas, figuras essas que, ao mesmo tempo, pareciam estátuas. E, da esquerda para a direita, ao longo da margem ensolarada, andava a selvagem e belíssima aparição de uma mulher.

— Ela caminhava com os passos contados, envolta em panos listrados e com franjas, batendo os pés no solo, garbosamente, tilintando e sacudindo ornamentos bárbaros. Mantinha a cabeça erguida, os cabelos penteados na forma de elmo, perneiras de bronze até os joelhos, pulseiras de fio de bronze até os cotovelos, um sinal carmim pintado na face parda; inúmeros colares de contas de vidro, objetos bizarros, amuletos, presentes de feiticeiros, pendiam-lhe do corpo, reluzindo e balançando a cada passo. A indumentária decerto valia tanto quanto várias presas de elefante. A mulher era selvagem e soberba, assustadora e magnífica; havia naquela marcha algo ameaçador e majestoso. E, no silêncio que se abatera subitamente sobre toda aquela triste região, a imensa floresta, o corpo colossal da vida fecunda e misteriosa, parecia contemplá-la, reflexiva, como se contemplasse a imagem da sua própria alma tenebrosa e ardente.

— Ela chegou até o vapor, deteve-se e nos encarou. Sua sombra comprida caiu à beira d'água. O rosto apresentava um aspecto trágico e feroz, de tristeza selvagem e dor emudecida, mescladas ao medo causado por uma determinação hesitante e incipiente. Deteve-se, olhando para nós, sem se mexer, e, à semelhança da própria selva, tinha um ar de reflexão acerca de um propósito inescrutável. Um minuto inteiro se passou, e então ela deu um passo adiante.

Seguiram-se um tímido tilintar, um lampejo de metal amarelo, um balanço de panos franjados, e ela estancou, como se o coração tivesse falhado. O jovem ao meu lado rosnou. Os peregrinos atrás de mim murmuraram. Ela olhou para nós como se sua vida dependesse da inabalável firmeza daquele olhar. De repente, abriu os braços desnudos e os elevou, rijos, acima da cabeça, como se tomada por um desejo incontrolável de tocar o céu; ao mesmo tempo, sombras céleres lançaram-se pela terra, correram pelo rio e envolveram o vapor num abraço escuro. Um silêncio assustador pairou sobre a cena.

— Ela virou-se, lentamente, caminhou pela margem e entrou no matagal, à esquerda. Uma única vez, voltou os olhos cintilantes em nossa direção, na penumbra da mata, antes de desaparecer.

— "Se ela fizesse menção de subir a bordo, acho que teria mesmo tentado alvejá-la", disse o homem dos remendos, com nervosismo. "Arrisquei a vida todos os dias na última quinzena, para mantê-la longe da casa. Um dia ela entrou e armou uma grande encrenca por causa daqueles trapos miseráveis que eu tinha apanhado na despensa para com eles remendar minhas roupas. Meu aspecto estava indecente. Ao menos deve ter sido isso, pois, enfurecida, ela falou com Kurtz durante uma hora, apontando para mim de vez em quando. Não entendo o dialeto daquela tribo. Para sorte minha, acho que Kurtz estava doente demais naquele dia para se importar com aquilo, ou teria havido confusão. Não dá para compreender... Não... é demais para mim. Ah, mas agora já acabou."

— Naquele instante ouvi a voz profunda de Kurtz detrás da cortina: "Salvar-me... salvar o marfim, você quer dizer. Não me diga! Salvar *a mim!* Ora, eu é que tive de salvá-lo. Agora você está interferindo nos meus planos. Doente. Doente. Nem tão doente quanto você pensa. Não importa. Vou levar a termo as minhas idéias... vou voltar. Vou lhe mostrar o que pode ser feito. Você e suas noçõezinhas de mascate... você está me atrapalhando. Eu vou voltar... eu..."

— O Gerente saiu. Concedeu-me a honra de me pegar pelo braço e me levar até um canto. "Ele está muito abatido, muito abatido", disse. Achava por bem suspirar, mas esqueceu de demonstrar uma tristeza convincente. "Fizemos por ele tudo o que podíamos... não fizemos? Mas não há como esconder um fato: o Sr. Kurtz fez mais mal do que bem à Companhia. Não percebeu que o momento não era adequado para agir com vigor. Cautela. Cautela. Eis o meu princípio. Ainda precisamos agir com cautela. A região está fechada para nós por enquanto. Deplorável. De modo geral, o comércio vai ser prejudicado. Não nego que existe uma quantidade extraordinária de marfim... em sua maioria fossilizado. Precisamos salvá-lo... a qualquer custo... mas, veja como é precária a situação... e por quê? Porque o método é ineficaz." "Você", eu disse, olhando para a margem, "chama isso de 'método ineficaz'?" "Sem dúvida", ele exclamou com ardor. "O senhor não chamaria?"... "Não é método nenhum", murmurei, passado um instante. "Exatamente", ele exultou. "Eu previ isso. Demonstra total falta de discernimento. É meu dever apontar isso à devida esfera." "Ah!", eu disse, "aquele sujeito... qual é mesmo o nome dele?... o fabricante de tijolos... vai lhe preparar um relatório legível." Ele pareceu momentaneamente confuso. Achei que jamais havia respirado uma atmosfera tão insalubre, e voltei o pensamento para Kurtz, em busca de alívio... certamente, alívio. "Contudo, acho o Sr. Kurtz um homem notável", eu disse com ênfase. Ele teve um sobressalto, lançou-me um olhar frio e pesado, disse, falando baixo, "ele *era*", e deu as costas para mim. O meu prestígio acabara; vi-me no mesmo saco que Kurtz, na condição de partidário de métodos ineficazes. Eu era ineficaz. Ah, mas já era alguma coisa, ter ao menos uma opção entre pesadelos.

— Eu havia, na realidade, me voltado para a selva, não para o Sr. Kurtz, que, eu tinha de admitir, estava praticamente enterrado. E, por um tempo, tive a impressão de estar, eu também, enterrado num grande túmulo repleto de segredos indizíveis. Senti um peso insuportável pressionando meu peito, cheiro de terra molhada, da presença invisível da decomposição vitoriosa, das trevas de uma noite impenetrável... O russo deu-me uma palmadinha no ombro. Ouvi-o murmurar e gaguejar algo como "irmão do mar... não poderia esconder... conhecimento de questões que afetariam a reputação do Sr. Kurtz". Esperei. Para ele, é claro, o Sr. Kurtz não estava no túmulo; desconfio que, para ele, o Sr. Kurtz era um dos imortais. "Bem", eu disse, finalmente, "fale logo. No fim das contas, sou amigo do Sr. Kurtz... de certo modo."

— Ele afirmou, com bastante formalidade, que, se não tivéssemos "a mesma profissão", teria guardado a questão para si, sem se preocupar com as conseqüências. Suspeitava haver "má vontade flagrante contra ele, da parte daqueles brancos que..." "Você tem razão", eu disse, lembrando uma certa conversa que escutara. "O Gerente acha que você deve ser enforcado." Mostrou-se apreensivo diante dessa informação, o que, a princípio, me divertiu. "É melhor eu sair do caminho, discretamente", disse, com seriedade. "Nada mais posso fazer por Kurtz agora, e eles logo encontrariam alguma desculpa. O que haveria de detê-los? Existe um posto militar a quatrocentos e oitenta quilômetros daqui." "Bem, palavra de honra!", eu disse, "talvez seja melhor você ir embora, se tiver amigos entre os selvagens da redondeza." "Muitos", ele disse. "É gente simples... e eu não quero nada, o senhor sabe." Ficou parado, mordendo o lábio; então: "Não quero que aconteça nada de mal com esses brancos aqui, mas é claro que eu estava pensando na reputação do Sr. Kurtz... mas o senhor é meu irmão do mar e..." "Está bem", eu disse, passado um momento. "A reputação do Sr. Kurtz estará a salvo comigo." Eu desconhecia a verdade contida na minha própria fala.

— Informou-me, abaixando o tom da voz, que Kurtz havia ordenado o ataque ao vapor. "Por vezes, ele detestava a idéia de ser levado embora... Mas não entendo essas questões. Sou um homem simples. Ele achava que o ataque os afugentaria... que os senhores desistiriam, supondo que ele estivesse morto. Não consegui impedi-lo. Ah, passei maus pedaços neste último mês." "Muito bem", eu disse. "Ele agora está bem." "Si-i-im", ele gaguejou, parecendo não estar muito convencido. "Obrigado", eu disse, "vou ficar de olhos abertos." "Mas, bico calado... hein?", insistiu, com ansiedade. "Seria terrível para a reputação dele se alguém aqui..." Prometi discrição absoluta, com total gravidade. "Tenho uma canoa e três negros aguardando não longe daqui. Vou-me embora. O senhor pode me dar alguns cartuchos de Martini-Henry?" Eu podia, e o fiz com o devido sigilo. Serviu-se, piscando-me o olho, de um punhado do meu tabaco. "De marujo para marujo... o senhor sabe... o bom tabaco inglês." À porta da cabine do piloto, virou-se... "Por acaso, o senhor não teria um par de sapatos sobrando?" Levantou uma perna. "Veja." As solas estavam amarradas com barbantes, como uma sandália, sob o pé descalço. Desencavei um velho par, para o qual ele olhou com admiração, antes de enfiá-lo embaixo do braço esquerdo. Um dos bolsos (vermelho-vivo) estava estufado de cartuchos, do outro (azul-escuro) espreitava a *Investigação de Towson* etc. etc. Ele parecia se achar perfeitamente equipado para um novo encontro com a selva. "Ah! Nunca, nunca mais vou encontrar um homem como aquele. O senhor precisava tê-lo ouvido recitar poesia... e de autoria dele mesmo, segundo me disse. Poesia!" Fez girar os olhos, ao relembrar tal prazer. "Ah, ele abriu a minha mente!" "Adeus", eu disse. Apertou-me a mão e sumiu noite adentro. Às vezes me pergunto se de fato o vi... se era possível encontrar um fenômeno daquele!...

— Quando acordei, pouco depois da meia-noite, veio-me à mente a advertência que ele me fizera, uma insinuação de perigo que, na escuridão estrelada, parecia tão real que me fez levantar, com o propósito de dar uma espiada ao redor. Na colina uma grande fogueira ardia, devidamente iluminando um canto despencado da casa do posto. Um dos agentes, com um piquete formado por alguns dos nossos negros armados, guardava o marfim; mas na profundeza da floresta fachos vermelhos tremeluziam, parecendo afundar e emergir do solo, em meio a formas colunares obscuras, de uma negrura intensa, assinalando a posição exata do acampamento onde os adoradores do Sr. Kurtz praticavam a sua apreensiva vigília. O bater monótono de um grande tambor enchia o ar com pancadas surdas e uma vibração prolongada. O som contínuo e sonolento de muitos homens entoando para si algum misterioso feitiço surgiu da parede negra e chapada da mata, como o zumbido de abelhas que emana de uma colméia, e provocou um estranho efeito narcotizante nos meus sentidos dormentes. Acho que eu estava cochilando, apoiado na amurada, quando uma repentina explosão de gritos, o rompante avassalador de um frêmito reprimido e misterioso, despertou-me num estado de espanto e perplexidade. O ruído cessou, repentinamente, e o som baixo e inebriante prosseguiu, produzindo um silêncio audível e reconfortante. Olhei por acaso para a pequena choupana. Lá dentro ardia uma luz, mas o Sr. Kurtz não estava ali.

— Acho que teria dado um grito, se houvesse acreditado nos meus próprios olhos. Mas não acreditei neles a princípio... a coisa parecia mesmo impossível. O fato é que fiquei completamente debilitado por um medo direto, um temor puramente abstrato, sem ligação com qualquer forma concreta de perigo físico. O que tornou a emoção esmagadora foi... como poderei definir... o impacto moral que sofri, como se algo absolutamente monstruoso, intolerável ao pensamento e detestável à alma, houvesse investido contra mim inesperadamente. Isso durou, é claro, uma simples fração de segundo, e então a conhecida sensação de perigo mortal e comum, a possibilidade de um repentino assalto e massacre, ou algo parecido, que me parecia iminente, foi muito bem-vinda e alentadora. Pacificou-me a tal ponto que, na verdade, não soei qualquer alarme.

— Um agente, todo abotoado dentro de um sobretudo, dormia numa cadeira no convés a um metro de mim. Os gritos não o despertaram; ele roncava levemente. Deixei-o entregue ao sono e pulei para a margem. Não traí o Sr. Kurtz... a ordem era jamais traí-lo... estava escrito que eu deveria ser leal ao pesadelo que escolhera. Estava ansioso por lidar sozinho com aquela sombra... e até hoje não sei por que resistia tanto em dividir com alguém a negrura peculiar daquela experiência.

— Assim que pisei na margem vi uma trilha... uma trilha larga através do capim. Recordo o júbilo com que disse a mim mesmo, "ele não consegue andar... arrasta-se de quatro... agora o peguei". O capim estava molhado de orvalho. Apertei o passo, de punhos cerrados. Acho que pensava em cair em cima dele e dar-lhe uma surra. Não sei. Tinha pensamentos bastante imbecis. A velha tricoteira com o gato se imiscuiu em minha memória, como a pessoa mais inadequada para se posicionar num dos pontos extremos de um caso daqueles. Avistei uma fileira de peregrinos disparando chumbo para cima, com as Winchesters apoiadas no quadril. Achei que jamais retornaria ao vapor, e imaginei-me vivendo sozinho e desarmado na mata até uma idade avançada. Tolices assim... os senhores sabem. E recordo que confundi o bater do tambor com as batidas do meu coração, e que fiquei satisfeito com a tranqüila regularidade deste.

— Mas, segui a trilha... então, parei para escutar. A noite estava bem clara, um espaço azul-escuro que faiscava com o orvalho e a luz das estrelas e no qual as coisas negras se mantinham imóveis. Julguei perceber um movimento adiante. Sentia-me estranhamente seguro de tudo naquela noite. Cheguei a sair da trilha, correndo num grande semicírculo (creio que o fiz rindo comigo mesmo), de modo a ficar à frente daquela comoção, do tal movimento que eu vira... se é que de fato avistara algo. Estava correndo em torno de Kurtz, como se fosse uma brincadeira de criança.

— Dei de cara com ele e, se não tivesse me ouvido chegar, eu teria mesmo caído em cima dele; mas levantou-se a tempo. Pôs-se de pé, trôpego, alto, pálido, indistinto como o vapor exalado pela terra, e cambaleou um pouco, sombrio e calado à minha frente, enquanto atrás de mim o fogo assomava entre as árvores, e o murmúrio de muitas vozes emanava da floresta. Eu havia surgido à frente dele com astúcia, mas quando o confrontei, percebi tudo; enxerguei o perigo em sua devida dimensão. Não havia de modo algum acabado. Imaginem se ele começasse a gritar. Embora mal pudesse ficar de pé, ainda havia muito vigor em sua voz. "Saia daqui... esconda-se", ele disse, naquele tom profundo. Foi horrível. Olhei para trás. Estávamos a menos de trinta metros da fogueira mais próxima. Uma figura negra levantou-se e caminhou sobre longas pernas negras, sacudindo longos braços negros contra o clarão. Tinha chifres... chifres de antílope, creio eu... na cabeça. Algum feiticeiro, algum bruxo, sem dúvida; tinha um aspecto demoníaco. "O senhor sabe o que está fazendo?", sussurrei. "Perfeitamente", ele respondeu, elevando a voz para pronunciar apenas aquela palavra; soou-me longínqua e, ao mesmo tempo, alta como uma saudação através de um megafone. Se resolver encrencar, estamos perdidos, pensei comigo. Não se tratava, evidentemente, de uma troca de socos, sem falar na aversão natural que eu tinha à idéia de bater naquela Sombra... naquela coisa errante e atormentada. "O senhor vai se perder", eu disse... "se perder totalmente". Às vezes temos um lampejo de inspiração, os senhores sabem. Eu disse a coisa certa, embora, a bem da verdade, ele não pudesse estar mais perdido do que naquele momento em que as bases da nossa intimidade estavam sendo estabelecidas... para resistir... resistir... até o fim... além do fim.

— "Eu tinha grandes planos", ele murmurou, hesitante. "Sim", eu disse, "mas se tentar gritar, parto sua cabeça com..." Não havia pau nem pedra por perto. "Eu o estrangulo", corrigi. "Eu estava prestes a realizar grandes coisas", ele apelou, com a voz ardente e num tom de tamanho anseio, que meu sangue gelou. "E agora, por causa desse pilantra imbecil..." "Seu sucesso na Europa está garantido, de qualquer jeito", afirmei com convicção. Eu não queria estrangulá-lo, os senhores entendem... e, de fato, isso teria pouca utilidade, em termos práticos. Tentei quebrar o encantamento, o encantamento pesado e mudo da selva que parecia atraí-lo para seu impiedoso seio, ao despertar instintos brutais esquecidos, ao tocar a memória de monstruosas paixões saciadas. Eu estava convencido de que isso, unicamente, o levara à fronteira da selva, através do matagal, na direção do brilho das fogueiras, do pulsar dos tambores, do zumbir das estranhas cantilenas; unicamente isso havia seduzido sua alma corrupta para além dos limites das aspirações permissíveis. E, os senhores não percebem, o terror da situação não era a possibilidade de ser golpeado na cabeça... embora eu tivesse a noção clara de tal perigo... mas nisso, no fato de eu ter de lidar com um ser ao qual era inútil apelar em nome do que quer que fosse, nem do que era elevado, nem do que era baixo. Eu precisava, a exemplo dos próprios negros, invocar... ele próprio... a sua exaltada e incrível degradação. Nada havia acima nem abaixo dele... e eu sabia disso. Soltara-se da Terra a pontapés. Homem maldito! Chutara a própria Terra, despedaçando-a. Ele estava sozinho... e, diante dele, eu não sabia se pisava o chão ou flutuava no ar. Venho contando aos senhores o que dissemos... repetindo as frases que pronunciamos... mas de que adianta? Eram palavras comuns, corriqueiras... sons vagos e conhecidos que todos nós trocamos todos os dias da vida. Mas e daí? Por trás delas, a meu ver, havia o caráter sugestivo de palavras ouvidas em sonhos, de frases ditas em pesadelos. Alma! Se alguém um dia lutou com uma alma, esse alguém sou eu. E tampouco estava discutindo com um louco. Acreditem se quiserem, o raciocínio dele era perfeitamente lúcido... concentrado, é verdade, nele próprio, com uma intensidade terrível, mas lúcido, e nisso residia minha única chance... exceto, é claro, dar cabo dele naquela hora e lugar, o que não era boa idéia, pois o barulho seria inevitável. Mas sua alma estava louca. Sozinha na mata, olhara para dentro de si mesma e, por Deus, vou lhes contar, enlouquecera. Fui obrigado... por causa dos meus pecados, suponho... a me submeter à provação de olhar dentro dela também. Eloqüência alguma poderá ser mais destruidora da fé que se tem na humanidade do que o rompante final de sinceridade expresso por ele. E lutou muito consigo mesmo. Eu vi... eu ouvi... Vi o mistério inconcebível de uma alma que não conhecia limite, nem fé, nem medo, mas que lutava cegamente contra si mesma. Consegui manter a cabeça relativamente fria, mas, quando afinal o estirei no sofá, enxuguei minha testa, enquanto as pernas tremiam como se eu houvesse carregado meia tonelada nas costas morro abaixo. E, na verdade, eu apenas o apoiara, com seu braço ossudo em volta do meu pescoço... e ele não pesava muito mais do que uma criança.

— Quando partimos no dia seguinte, ao meio-dia, a multidão, de cuja presença detrás da cortina de árvores eu estivera plenamente consciente o tempo inteiro, refluiu da mata, encheu a clareira, cobriu a encosta do morro com uma grande massa de corpos nus, ofegantes, trêmulos, brônzeos. Subi um pouco a correnteza, depois dei uma guinada rio abaixo; dois mil olhos seguiam as evoluções do enfurecido demônio-do-rio, chapinhando, sacudindo, batendo na água com sua cauda terrível e expelindo fumaça negra no ar. À frente da primeira fila, ao longo da margem, três homens, lambuzados da cabeça aos pés com barro vermelho, andavam empertigados de um lado para o outro, demonstrando nervosismo. Quando nos aproximamos outra vez, eles se voltaram para o rio, batendo os pés no solo, meneando as cabeças encimadas por chifres e balançando os corpos escarlates; sacudiam contra o enfurecido demônio-do-rio um punhado de penas pretas e uma pele nojenta com um rabo dependurado... algo que parecia uma cabaça ressecada; a cada momento, gritavam em coro seqüências de palavras impressionantes, que não tinham qualquer semelhança com sons de linguagem humana; e o profundo murmúrio da multidão, subitamente interrompido, parecia a resposta formulada por alguma litania satânica.

— Tínhamos carregado Kurtz até a cabine do piloto. Ali era mais arejado. Deitado no sofá, ele olhava fixamente pela veneziana aberta. Surgiu um redemoinho dentre a massa de corpos, e a mulher com elmo à cabeça e face parda correu até a beira do rio. Estendeu as mãos, gritou algo e toda a multidão selvagem repetiu o grito, formando um coro de expressões articuladas, rápidas, ofegantes.

— "O senhor entende isso?", perguntei.

— Ele continuou a olhar através de mim, com olhos faiscantes, ansiosos, e uma expressão mista de desejo e ódio. Não ofereceu resposta, mas percebi que um sorriso, um sorriso de significado indefinível, surgira em seus lábios descoloridos que, no instante seguinte, contorceram-se convulsivamente. "Não entendo?", ele disse, com vagar, ofegando, como se as palavras lhe houvessem sido arrancadas por algum poder sobrenatural.

— Puxei a corda do apito, e fiz isso porque vi os peregrinos no convés pegando as carabinas, com ar de quem prevê um bom divertimento. Em reação ao guincho repentino, um movimento de horror abjeto percorreu a massa de corpos apinhados. "Não! Não os espante daqui!", alguém gritou no convés, desconsoladamente. Puxei a corda várias vezes. Eles se dispersaram e correram, saltaram, agacharam, deram meia-volta, tentando se esquivar do horror daquele som aéreo. Os três sujeitos vermelhos caíram de bruços na margem, como se tivessem sido fuzilados. Apenas a mulher, bárbara e soberba, sequer se mexeu e, num gesto trágico, estendeu os braços nus em nossa direção, acima do rio taciturno e resplandecente.

— E então aquela gente imbecil lá embaixo no convés começou a se divertir, e eu não vi mais nada, por causa da fumaça.

— A correnteza marrom fluía rapidamente do coração das trevas, levando-nos rumo ao mar, numa velocidade duas vezes maior do que a da nossa jornada rio acima. E a vida de Kurtz corria rapidamente também, vazando, vazando do seu coração rumo ao mar do tempo inexorável. O Gerente estava bastante plácido; já não demonstrava nenhuma apreensão vital, e nos contemplou a ambos com um olhar compreensivo, de satisfação: o "caso" resultara tão bem quanto ele tinha esperado. Percebi que chegava o momento em que eu seria o último integrante do grupo que praticava o "método ineficaz". Os peregrinos me olhavam com desagrado. Eu era, digamos, contado entre os mortos. É estranho como aceitei aquela parceria imprevista, aquela escolha entre pesadelos que fui forçado a fazer na terra tenebrosa, invadida por aqueles espectros cruéis e gananciosos.

— Kurtz falou. Que voz! Que voz! Soou profunda até o final. A voz sobrevivera às suas forças para esconder nas magníficas dobras da eloqüência as trevas infecundas do seu coração. Ah, como ele se esforçava, como se esforçava. Os resíduos do seu cérebro gasto eram agora assombrados por imagens sombrias... imagens de riqueza e fama revolvendo obsequiosamente em torno do seu inextinguível dom da expressão grandiosa. Minha Pretendida, meu posto, minha carreira, minhas idéias... eram esses os tópicos das suas eventuais expressões de elevados sentimentos. A sombra do Kurtz original visitava o leito do engodo vazio cujo destino era ser agora enterrado no barro primevo. Mas tanto o amor diabólico quanto o ódio espectral dos mistérios descobertos disputavam a posse daquela alma plena de emoções primitivas, ávida de falsa fama, de honrarias enganosas, de todas as aparências de sucesso e poder.

— Por vezes ele era ridiculamente infantil. Queria que reis o recepcionassem em estações ferroviárias no seu retorno do medonho Lugar Nenhum, onde pretendera realizar grandes feitos. "Se mostrarmos a eles que temos algo realmente lucrativo, não haverá limites ao reconhecimento da nossa capacidade", ele dizia. "É claro que devemos levar em conta os motivos... os motivos certos... sempre." Deslizavam ao lado do vapor longos trechos do rio que pareciam ser sempre os mesmos, curvas monótonas, exatamente iguais, com suas multidões de árvores seculares observando pacientemente aquele sujo fragmento de outro mundo, o precursor da mudança, da conquista, do comércio, dos massacres, das bênçãos. Eu olhava adiante... pilotando. "Feche a veneziana", disse Kurtz de repente, um dia; "não agüento olhar para isso." Fechei a veneziana. Fez-se um silêncio. "Ah, mas ainda te arranco o coração!", ele gritou para a selva invisível.

— Enguiçamos... conforme eu já esperava... e tivemos de atracar na cabeceira de uma ilha para fazer reparos. Aquele atraso foi a primeira coisa que abalou a confiança de Kurtz. Certa manhã, ele me deu um maço de papéis e uma fotografia... o pacote amarrado com um cadarço de sapato. "Guarde isso para mim", ele disse. "Aquele tolo canalha (referindo-se ao Gerente) é capaz de bisbilhotar as minhas caixas quando não estou olhando." À tarde fui vê-lo. Estava deitado de costas, com os olhos fechados, e me retirei em surdina, mas ouvi quando murmurou: "Viver corretamente, morrer, morrer..." Fiquei escutando. Não houve mais nada. Estaria ensaiando algum discurso enquanto dormia, ou seria aquilo o fragmento de uma frase de algum artigo de jornal? Ele já havia escrito para jornais, e pretendia fazê-lo de novo, "para a divulgação das minhas idéias. É um dever".

— As trevas de Kurtz eram impenetráveis. Olhei para ele como quem olha para um homem que se encontra no fundo de um precipício onde o sol nunca brilha. Mas eu não dispunha de muito tempo para ele, porque estava ajudando o maquinista a desmontar os cilindros avariados, a desentortar um eixo de conexão e outras coisas assim. Vivia numa bagunça infernal de ferrugem, limas, porcas, parafusos, chaves de boca, martelos, furadeiras... coisas que abomino porque não me relaciono bem com elas. Eu cuidava da pequena forja que felizmente tínhamos a bordo; trabalhava exaustivamente num miserável monte de sucata... a não ser quando tremia tanto que sequer podia ficar de pé.

— Certa noite, ao entrar com uma vela, assustei-me ao ouvi-lo dizer, com a voz um pouco trêmula, "estou deitado aqui no escuro esperando a morte". A luz estava a cerca de trinta centímetros dos olhos dele. Forcei-me a murmurar, "Ah, bobagem!", e fiquei de pé ao lado dele como que petrificado.

— Eu jamais vira, e espero jamais voltar a ver, algo que se assemelhe à alteração que se abateu sobre a fisionomia dele. Não, não fiquei comovido. Fiquei fascinado. Era como se um véu tivesse sido rasgado. Vi naquele rosto de marfim a expressão de um orgulho melancólico, uma força implacável, um terror covarde... um desespero intenso e irremediável. Teria ele vivido novamente, em cada detalhe, desejo, tentação e entrega, naquele instante de total conhecimento? Exclamou, num sussurro, para alguma imagem, alguma visão... exclamou duas vezes, um gemido que não era mais do que um suspiro:

— "O horror! O horror!"

— Soprei a vela e deixei a cabine. Os peregrinos ceavam na sala de refeições, e sentei-me diante do Gerente, que ergueu os olhos, oferecendo-me um relance inquisitivo, o qual consegui ignorar. Ele se recostou, sereno, com aquele seu sorriso peculiar selando as veladas profundezas da sua baixeza. Uma chuva contínua de pequenas moscas fluía sobre a lâmpada, sobre a toalha de mesa, sobre nossas mãos e faces. De repente, o menino que servia o Gerente introduziu a cabeça atrevida pelo vão da porta e disse num tom de desprezo mordaz:

— "Sinhô Kurtz... ele morto."

— Todos os peregrinos correram para ver. Eu fiquei e continuei a minha ceia. Acho que fui considerado brutalmente insensível. No entanto, não comi muito. Havia ali uma lâmpada... luz... os senhores entendem... e lá fora estava tremendamente, tremendamente escuro. Não tornei a me aproximar do homem notável que pronunciara um julgamento acerca das aventuras de sua própria alma nesta Terra. A voz se fora. Que mais houvera ali? Mas é claro que estou ciente de que no dia seguinte os peregrinos enterraram algo num buraco lamacento.

— E depois quase enterraram a mim.

— No entanto, como podem ver, não me juntei a Kurtz naquela hora e lugar. Não o fiz. Fiquei para sonhar o pesadelo até o fim e demonstrar minha lealdade a Kurtz mais uma vez. Destino. Meu destino! Coisa engraçada é a vida... esse arranjo misterioso de lógica impiedosa e propósito inútil. O máximo que podemos esperar dela é algum autoconhecimento... que vem tarde demais... uma colheita de arrependimentos sem fim. Já lutei com a morte. É a peleja mais entediante que se pode imaginar. Ocorre num cinzento intangível, com nada por baixo, nada em volta, sem espectadores, sem clamor, sem glória, sem o grande desejo de vitória, sem o grande medo de derrota, numa atmosfera doentia de tépido ceticismo, sem muita crença em nosso próprio direito, e com menos ainda no do adversário. Se for essa a forma da sabedoria extrema, então a vida é enigma maior do que alguns de nós supomos. Eu estava à distância de um fio de cabelo da última oportunidade para um pronunciamento, e constatei, humilhado, que provavelmente nada teria a dizer. Essa é a razão pela qual afirmo que Kurtz era um homem notável. Ele tinha algo a dizer. Ele disse. Uma vez que eu próprio havia contemplado o precipício, compreendo melhor o significado daquele olhar, incapaz de ver a chama da vela, mas amplo o bastante para envolver todo o universo, cortante o suficiente para penetrar todos os corações que batiam nas trevas. Ele havia resumido tudo... ele havia julgado. "O horror!" Era um homem notável. Afinal, isso era a expressão de algum tipo de crença; havia franqueza, havia convicção, havia uma vibrante nota de revolta naquele sussurro, havia a cara assustadora de uma verdade vista de relance... estranha mescla de desejo e ódio. E não é do meu próprio extremo que me recordo melhor... uma visão cinzenta e disforme, tomada de dor física e um desprezo indiferente pelo esvanecimento de todas as coisas... até mesmo dessa dor. Não. Foi ao extremo dele que acho que sobrevivi. É verdade que ele deu o passo derradeiro, transpôs a borda do precipício, enquanto a mim foi permitido recuar o pé hesitante. E talvez nisso resida toda a diferença; talvez toda a sabedoria, toda a verdade e toda a sinceridade estejam apenas contidas naquele momento imperceptível em que cruzamos o limiar do invisível. Talvez. Agrada-me pensar que meu relato não teria sido uma palavra de desprezo indiferente. Melhor o gemido dele... muito melhor. Foi uma afirmação, uma vitória moral paga com incontáveis derrotas, com terrores abomináveis, satisfações abomináveis. Mas foi uma vitória. É por isso que fui leal a Kurtz até o fim, e além do fim, quando muito tempo depois ouvi uma vez mais, não a voz dele, mas o eco de sua magnífica eloqüência, a mim lançada por uma alma tão pura e translúcida quanto um rochedo de cristal.

— Não, eles não me enterraram, embora haja um tempo do qual me lembro apenas vagamente, com espanto e medo, qual uma jornada por um mundo inconcebível e desprovido de esperança e desejo. Vi-me de volta à cidade sepulcral, ofendido pela visão de pessoas caminhando apressadamente pelas ruas a fim de surrupiar um pouco de dinheiro umas das outras, devorar sua infame culinária, sorver sua cerveja insalubre, sonhar seus sonhos tolos e insignificantes. Elas invadiam meus pensamentos. Eram intrusas cujo conhecimento da vida constituía para mim uma irritante pretensão, pois eu estava certo de que elas não tinham como saber o que eu sabia. A atitude delas, que era apenas a atitude de indivíduos comuns ocupados em seus afazeres, supondo-se perfeitamente seguros, era para mim tão ofensiva quanto a ultrajante presunção da loucura diante de um perigo que a própria loucura é incapaz de compreender. Eu não tinha a menor vontade de elucidá-las, mas tinha certa dificuldade em me conter para não rir na cara delas, tão cheias de sua própria e estúpida importância. Devo admitir que não me sentia nada bem àquela época. Cambaleava pelas ruas... havia muitas questões a acertar... mostrando os dentes, com amargura, diante de pessoas perfeitamente respeitáveis. Admito que meu comportamento fosse indesculpável, mas o fato é que naqueles dias minha temperatura raramente estava normal. O empenho de minha querida tia, para "revigorar minhas forças", parecia absolutamente inútil. Não eram minhas forças que precisavam ser revigoradas, era a minha imaginação que precisava de alento. Guardava comigo o maço de papéis entregue por Kurtz, sem saber exatamente o que fazer com aquilo. Sua mãe falecera recentemente, sob os cuidados, segundo me disseram, de sua Pretendida. Um homem bem barbeado, com ares oficiais e óculos de aro de ouro, procurou-me um dia, para me fazer perguntas, de início indiretas, depois um tanto insistentes, sobre o que lhe aprazia chamar de certos "documentos". Não me surpreendi, pois tivera duas discussões com o Gerente acerca do assunto lá mesmo. Eu me recusara a entregar um fragmento sequer daquele pacote, e foi essa a minha atitude também com o sujeito de óculos. Finalmente, ele se mostrou ameaçador e, com grande veemência, argumentou que a Companhia tinha direito a toda e qualquer informação sobre seus "territórios". E, ele disse, "o conhecimento do Sr. Kurtz sobre regiões inexploradas decerto era extenso e singular... dadas as suas grandes habilidades e as circunstâncias deploráveis em que se encontrava; portanto..." Garanti-lhe que o conhecimento do Sr. Kurtz, por mais extenso que fosse, não implicava questões de comércio nem de administração. Ele então invocou o bem da ciência. "Seria uma perda incalculável se..." etc. etc. Ofereci-lhe o relatório sobre a "Supressão dos Costumes Selvagens", após arrancar o adendo. Ele pegou o relatório com avidez, mas depois o deixou de lado, com ar de menosprezo. "Não é isso que temos o direito de esperar", observou. "Não esperem nada mais", eu disse. "Há tão-somente cartas particulares." Retirou-se, com ameaças de processo judicial, e não mais o vi; mas outro sujeito, dizendo-se primo de Kurtz, apareceu dois dias mais tarde, ansioso por ouvir todos os detalhes sobre os últimos momentos de vida do ente querido. No decorrer da conversa, ele me fez saber que Kurtz fora um grande músico. "Havia nele o potencial de um imenso sucesso", disse o sujeito, que era organista, acho eu, com seus cabelos lisos e grisalhos caídos por cima de um colarinho engordurado. Eu não tinha motivo para duvidar de suas afirmações, e até hoje não sou capaz de dizer qual era a profissão de Kurtz, ou mesmo se tinha profissão... qual seria o maior de seus talentos. Eu achava que ele fosse um pintor que escrevia para jornais, ou então um jornalista que sabia pintar... mas nem mesmo o primo (que consumiu rapé durante a conversa) foi capaz de me dizer o que ele tinha sido... exatamente. Era um gênio universal... nesse ponto concordei com o velhote que, em seguida, assoou o nariz num grande lenço de algodão e se retirou, em meio a uma agitação senil, levando consigo algumas cartas e lembranças familiares sem importância. Finalmente, surgiu um jornalista, ansioso por descobrir algo acerca do destino do "caro colega". O visitante me informou que a esfera de Kurtz deveria ter sido a política, "do lado popular". Tinha sobrancelhas peludas e retas, cabelo curto e espetado, um monóculo preso a uma fita larga, e, mais à vontade, confessou a opinião de que Kurtz, na realidade, não escrevia nada... "Mas, céus! Como aquele homem falava! Eletrizava grandes assembléias. Tinha fé... o senhor não percebe... tinha fé. Era capaz de se convencer a acreditar em qualquer coisa... qualquer coisa. Teria sido um magnífico líder de qualquer partido." "Que partido?", perguntei. "Qualquer partido", respondeu o outro. "Era um... um... radical." Eu não concordava? Assenti. Será que eu sabia, indagou com um lampejo de curiosidade, "o que o levara até lá?" "Sim", eu disse, e imediatamente entreguei-lhe o célebre Relatório, a ser publicado, caso ele achasse por bem. Folheou o documento rapidamente, murmurando enquanto o fazia, avaliou-o dizendo "vai dar" e se foi, levando consigo o troféu.

— Portanto, no fim das contas, fiquei com um magro pacote de cartas e o retrato da jovem. Achei-a linda... quero dizer, tinha uma linda expressão. Sei que a luz do sol pode ser manipulada para mentir, mas dava para sentir que manipulação alguma de luz ou ângulo poderia expressar a delicada sombra de verdade que havia naqueles traços. Parecia predisposta a ouvir, sem qualquer restrição, sem suspeita, sem pensar em si mesma. Cheguei à conclusão de que iria até lá, pessoalmente, devolver-lhe o retrato e as cartas. Curiosidade. Sim. E talvez um outro sentimento. Tudo o que pertencia a Kurtz me escapulira das mãos: sua alma, seu corpo, seu posto, seus planos, seu marfim, sua carreira. Restaram apenas sua lembrança e sua Pretendida... e eu queria entregar isso também ao passado, de certo modo... entregar tudo o que dele restara comigo, àquele esquecimento que vem a ser a palavra final do nosso destino comum. Não estou me defendendo. Eu não sabia bem o que realmente queria. Talvez se tratasse de um impulso de lealdade inconsciente, ou a satisfação de uma daquelas necessidades irônicas que espreitam os fatos da existência humana. Não sei. Não tenho como saber. Mas fui.

— Eu pensava que a lembrança dele era como as outras lembranças de mortos que se acumulam na vida de qualquer homem... vaga imagem impressa no cérebro por sombras que ali se abateram, em sua passagem rápida e final; porém, diante da porta alta e imponente, entre as casas elevadas de uma rua tão calma e comedida quanto a alameda bem-conservada de um cemitério, vislumbrei-o na padiola, abrindo vorazmente a boca, como se quisesse devorar a Terra inteira, com toda a humanidade. Naquele momento, ele tornou a viver diante de mim, exatamente como vivera... uma sombra que não se saciava com formas esplêndidas ou com realidades assustadoras, uma sombra mais escura do que a sombra da noite, e nobremente envolta nas dobras de uma bela eloqüência. A visão parecia entrar comigo na casa... a padiola, os carregadores espectrais, a selvagem multidão de adoradores obedientes, a penumbra das florestas, o brilho de um trecho reto do rio entre curvas sombrias, o bater do tambor, constante e abafado como o bater do coração, o coração das trevas vitoriosas. Era um momento de triunfo para a selva, uma vingativa investida que, a meu ver, eu teria de repelir apenas em prol da salvação de mais uma alma. E a lembrança do que ouvira Kurtz dizer lá longe, com aquelas formas chifrudas agitando-se às minhas costas, no clarão das fogueiras, em meio à mata paciente, aquelas frases fragmentadas voltaram a mim, foram novamente ouvidas em sua simplicidade sinistra e aterrorizante. Lembrei-me das súplicas abjetas, das ameaças abjetas, da escala colossal de seus desejos abomináveis, da torpeza, do tormento, da angústia tempestuosa de sua alma. E mais tarde tive a impressão de contemplar-lhe a postura contida e debilitada, quando ele me disse um dia: "Este lote de marfim agora é realmente meu. A Companhia não pagou por ele. Eu o encontrei, sujeitando-me a grandes riscos. Mas, receio que digam que o marfim lhes pertence. Hum! É um caso difícil. O que acha que devo fazer... resistir? Hein? Não quero mais do que justiça"... Ele nada mais queria do que justiça... nada mais do que justiça! Toquei a campainha, diante de uma porta de mogno, no primeiro andar e, enquanto esperava, tive a impressão de que ele me espiava através do painel de vidro... com aquele olhar vasto, imenso, abraçando, condenando, abominando todo o universo. Pareceu-me ouvir o gemido sussurrado, "O horror! O horror!"

— Anoitecia. Tive de esperar numa imponente sala de visita, com pé-direito alto e três janelas alongadas que iam do chão ao teto, semelhantes a três colunas luminosas e drapeadas. As pernas torneadas e os espaldares do mobiliário dourado brilhavam formando curvas indistintas. A grande lareira de mármore exibia uma brancura fria e monumental. Um piano de cauda ocupava maciçamente um canto, com raios escuros sobre as superfícies planas, qual um sarcófago sombrio e polido. Uma porta alta se abriu... e fechou. Levantei-me.

— Ela avançou, toda de preto, com a fisionomia pálida, flutuando em minha direção no crepúsculo. Estava de luto. Fazia mais de um ano desde a morte dele, mais de um ano desde que a notícia havia chegado; parecia que ela haveria de lembrar e manter o luto para sempre. Tomou minhas duas mãos entre as suas e murmurou, "fui informada de que o senhor viria". Percebi que não era tão jovem... quero dizer, não era uma menina. Tinha maturidade para ser fiel, para confiar, para sofrer. A sala pareceu ficar mais escura, como se toda a luz melancólica da noite nublada se refugiasse em sua fronte. Aqueles cabelos alourados, aquele rosto pálido, aquele cenho puro pareciam cercados de um halo cinzento, do qual olhos escuros me fitavam. O olhar era sincero, profundo, seguro, confiável. A fisionomia pesarosa parecia ter orgulho daquele pesar, como se dissesse, eu... só eu sei lamentar-lhe a morte como ele merece. Mas, enquanto ainda apertávamos as mãos, surgiu no seu rosto um olhar de tamanha desolação, que me dei conta de que ela era uma dessas criaturas que se recusam a ser joguete do Tempo. Para ela, ele havia falecido no dia anterior. E, por Júpiter, a impressão foi tão intensa que também a mim pareceu que ele havia falecido no dia anterior... não, naquele minuto. Enxerguei os dois inseridos no mesmo instante... a morte dele e a tristeza dela... vi a tristeza dela no exato momento da morte dele. Os senhores entendem? Vi os dois juntos... ouvi os dois juntos. Ela dissera, prendendo a respiração, "sobrevivi"... enquanto meus ouvidos atentos pareciam ouvir, nitidamente, misturado ao seu tom de arrependimento e desespero, o sussurro que resumia a eterna condenação dele. Perguntei-me o que estava eu fazendo ali, com uma sensação de pânico no coração, como se, por engano, tivesse ido parar num local de mistérios cruéis e absurdos, indignos de serem vislumbrados por um ser humano. Ela me apontou uma cadeira. Sentamo-nos. Depositei o pacote gentilmente sobre uma mesinha, e ela o cobriu com a mão. ... "O senhor o conhecia bem", murmurou, após um momento de lutuoso silêncio.

— "Adquire-se intimidade rapidamente lá", eu disse. "Eu o conhecia tão bem quanto é possível a um homem conhecer outro."

—"E o senhor o admirava!", ela disse. "Era impossível conhecê-lo e não admirá-lo. Não era?"

— "Era um homem notável", eu disse, irresoluto. Então, diante do apelo daquele olhar fixo, que parecia esperar mais palavras dos meus lábios, prossegui: "era impossível não...".

— "Amá-lo", ela completou, avidamente, calando-me numa mudez perplexa. "Quanta verdade! Quanta verdade! Mas, quando penso que ninguém o conhecia tão bem quanto eu! Eu era merecedora de toda a sua nobre confiança. Eu o conhecia melhor do que ninguém."

— "Melhor do que ninguém", repeti. E talvez o conhecesse mesmo. Mas, a cada palavra falada, a sala ficava mais escura e somente a sua fronte lisa e branca permanecia iluminada pela luz inextinguível da confiança e do amor.

— "O senhor era amigo dele", ela prosseguiu. "Amigo dele", repetiu um pouco mais alto. "Deve ter sido, se ele lhe entregou isso, enviando-o a mim! Sinto que posso falar com o senhor... e ah! Preciso falar. Quero que o senhor... o senhor que ouviu suas últimas palavras... saiba que fui digna dele... Não se trata de orgulho... Sim! Tenho orgulho em saber que o compreendia melhor do que ninguém no mundo... ele próprio me disse isso. E desde que a mãe dele morreu, não tenho ninguém... ninguém... para... para..."

— Eu escutava. A escuridão aumentava. Eu sequer tinha certeza de que ele me dera o pacote certo. Chego a suspeitar que ele queria que eu cuidasse de uma outra pilha de papéis, a qual, depois que ele morreu, eu vi o Gerente examinando sob uma luminária. E a jovem falava; aliviando a dor na certeza da minha simpatia, ela falava, qual homens sedentos saciam a sede. Eu ouvira dizer que o noivado com Kurtz tinha sido desaprovado pela família dela. Ele não era rico o bastante, ou algo assim. E, a bem da verdade, não sei se não terá sido a vida toda um pobretão. Ele me levara a inferir que fora a impaciência diante da pobreza que o impelira para lá.

— "... Quem o ouvisse falar, ainda que uma só vez, não se tornaria amigo dele?", ela perguntava. "Ele atraía o que havia de melhor nas pessoas." Olhou-me com intensidade. "É o dom dos grandes", prosseguiu, e o som de sua voz baixa parecia acompanhado de todos os outros sons cheios de mistério, desolação e tristeza que eu já conhecia... o murmurar do rio, o farfalhar das árvores balançadas pelo vento, o burburinho da multidão, o eco fraco de palavras incompreensíveis gritadas a distância, o sussurro de uma voz que emana do limiar de trevas eternas. "Mas o senhor o ouviu. O senhor sabe!", ela exclamou.

— "Sim, eu sei", eu disse, com certo desespero no coração, mas curvando a cabeça diante da fé nela contida, diante daquela ilusão grandiosa e salvadora que reluzia com um brilho sobrenatural nas trevas, nas trevas triunfais das quais eu não poderia defendê-la... das quais eu não poderia defender nem a mim próprio.

— "Que perda para mim... para nós", corrigiu-se, demonstrando nobre generosidade. Então acrescentou num murmúrio, "para o mundo". Nas últimas luzes do crepúsculo, pude ver o brilho de seus olhos cheios de lágrimas... lágrimas que não queriam escorrer.

— "Tive muita felicidade... muita sorte... muita satisfação", ela continuou. "Sorte demais. Felicidade demais por pouco tempo. E agora sou infeliz para... para o resto da vida".

— Levantou-se. Seu cabelo alourado parecia captar toda a luz restante num lampejo de ouro. Levantei-me, também.

— "E de tudo isso", ela prosseguiu com pesar, "de todas as suas promessas e toda a sua grandeza, de sua mente magnânima, de seu nobre coração, nada resta... nada além de uma lembrança. O senhor e eu..."

— "Sempre nos lembraremos dele", apressei-me em dizer.

— "Não!", ela exclamou. "Não é possível que tudo isso se perca... que uma vida como aquela seja sacrificada, sem deixar nada... exceto tristeza. O senhor sabe como eram grandes os planos dele. Eu também sabia... talvez não os compreendesse... mas outras pessoas também sabiam. Algo deve permanecer. As palavras dele, ao menos, não morreram."

— "As palavras dele permanecerão", eu disse.

— "E seu exemplo", ela sussurrou consigo mesma. "Os homens o admiravam... sua bondade reluzia em todo e cada ato. Seu exemplo..."

— "É verdade", eu disse, "o exemplo dele, também. Sim, o exemplo. Esqueci-me disso".

— "Mas eu não. Não posso... não posso acreditar... ainda não. Não posso acreditar que jamais voltarei a vê-lo, que ninguém o verá, jamais, jamais, jamais!"

— Ela esticou os braços, como se buscasse alguém que fugia, estendendo os braços negros, as pálidas mãos entrelaçadas, no reflexo débil e estreito da janela. Jamais voltar a vê-lo? Eu o via claramente naquele momento. Verei aquele eloqüente espectro enquanto viver, e verei também a ela, Sombra trágica e familiar, assemelhando-se naquele gesto a uma outra, igualmente trágica, adornada com amuletos inócuos, estendendo braços pardos e nus sobre o brilho da correnteza infernal, a correnteza das trevas. De súbito, ela disse, num tom de voz bem baixo, "ele morreu como viveu".

— "Seu fim", eu disse, agitado por uma raiva lerda, "foi em todos os sentidos digno de sua vida."

— "E eu não estava ao lado dele", ela murmurou. Minha raiva cedeu a um sentimento de infinita compaixão.

— "Tudo o que podia ser feito...", balbuciei.

— "Ah, mas eu acreditava nele mais do que qualquer pessoa no mundo... mais até do que a mãe dele, mais até do que... ele próprio. Ele precisava de mim. De mim! Eu teria valorizado cada suspiro, cada palavra, cada gesto, cada olhar."

— Senti um aperto frio no peito. "Não!", eu disse, com a voz abafada.

— "Perdoe-me. Eu... eu... choro a morte dele há tanto tempo em silêncio... em silêncio... O senhor esteve ao lado dele até o fim? Penso na solidão que ele sentia. Ninguém por perto que o entendesse, como eu o entendia. Talvez ninguém que o escutasse..."

— "Até o momento final", eu disse, trêmulo. "Ouvi as suas últimas palavras..." Detive-me, com um sobressalto.

— "Repita-as", ela murmurou, num tom de voz desolado. "Eu quero... eu quero... algo... algo... com o que... com o que possa viver."

— Eu estava prestes a gritar para ela, "não queira ouvi-las". O crepúsculo as repetia num insistente sussurro à nossa volta, num sussurro que parecia aumentar de volume, ameaçadoramente, como o primeiro sussurro de um vento que cresce. "O horror! O horror!"

— "Sua última palavra... para que eu possa com ela viver", insistiu. "O senhor não entende que eu o amava? Eu o amava... eu o amava."

— Recompus-me, e disse lentamente:

— "A última palavra que ele pronunciou foi... o seu nome."

— Ouvi um leve suspiro, e então meu coração parou, estancou diante de um grito exultante e terrível, um grito de inconcebível triunfo e indizível pesar. "Eu sabia... eu tinha certeza!"... Ela sabia. Tinha certeza. Ouvi seu pranto; escondera o rosto com as mãos. Pareceu-me que a casa desmoronaria antes que eu pudesse escapar, que o céu desabaria sobre minha cabeça. Mas nada aconteceu. O céu não desaba por algo assim tão trivial. Teria desabado, eu me pergunto, se eu tivesse dado a Kurtz a justiça que lhe cabia? Ele não dissera que queria apenas justiça? Mas não pude. Não pude dizer a ela. Teria sido tenebroso demais... tenebroso demais...

Marlow parou e foi sentar-se afastado, absorto e calado, na pose de um Buda em meditação. Durante algum tempo ninguém se mexeu. — Perdemos a vazante — disse o Diretor, repentinamente. Ergui a cabeça. O alto-mar estava isolado por uma barreira de nuvens negras, e o tranqüilo curso d'água que levava aos mais distantes confins da Terra corria sombrio sob um céu encoberto... parecia levar ao coração de imensas trevas.

COLEÇÃO DE BOLSO HEDRA

1. *Iracema*, Alencar
2. *Don Juan*, Molière
3. *Contos indianos*, Mallarmé
4. *Auto da barca do Inferno*, Gil Vicente
5. *Poemas completos de Alberto Caeiro*, Pessoa
6. *Triunfos*, Petrarca
7. *A cidade e as serras*, Eça
8. *O retrato de Dorian Gray*, Wilde
9. *A história trágica do Doutor Fausto*, Marlowe
10. *Os sofrimentos do jovem Werther*, Goethe
11. *Dos novos sistemas na arte*, Maliévitch
12. *Mensagem*, Pessoa
13. *Metamorfoses*, Ovídio
14. *Micromegas e outros contos*, Voltaire
15. *O sobrinho de Rameau*, Diderot
16. *Carta sobre a tolerância*, Locke
17. *Discursos ímpios*, Sade
18. *O príncipe*, Maquiavel
19. *Dao De Jing*, Laozi
20. *O fim do ciúme e outros contos*, Proust
21. *Pequenos poemas em prosa*, Baudelaire
22. *Fé e saber*, Hegel
23. *Joana d'Arc*, Michelet
24. *Livro dos mandamentos: 248 preceitos positivos*, Maimônides
25. *O indivíduo, a sociedade e o Estado, e outros ensaios*, Emma Goldman
26. *Eu acuso!*, Zola | *O processo do capitão Dreyfus*, Rui Barbosa
27. *Apologia de Galileu*, Campanella
28. *Sobre verdade e mentira*, Nietzsche
29. *O princípio anarquista e outros ensaios*, Kropotkin
30. *Os sovietes traídos pelos bolcheviques*, Rocker
31. *Poemas*, Byron
32. *Sonetos*, Shakespeare
33. *A vida é sonho*, Calderón
34. *Escritos revolucionários*, Malatesta
35. *Sagas*, Strindberg
36. *O mundo ou tratado da luz*, Descartes
37. *O Ateneu*, Raul Pompeia
38. *Fábula de Polifemo e Galateia e outros poemas*, Góngora
39. *A vênus das peles*, Sacher-Masoch
40. *Escritos sobre arte*, Baudelaire
41. *Cântico dos cânticos*, [Salomão]
42. *Americanismo e fordismo*, Gramsci
43. *O princípio do Estado e outros ensaios*, Bakunin
44. *O gato preto e outros contos*, Poe
45. *História da província Santa Cruz*, Gandavo
46. *Balada dos enforcados e outros poemas*, Villon
47. *Sátiras, fábulas, aforismos e profecias*, Da Vinci
48. *O cego e outros contos*, D.H. Lawrence

49. *Rashômon e outros contos*, Akutagawa
50. *História da anarquia (vol. 1)*, Max Nettlau
51. *Imitação de Cristo*, Tomás de Kempis
52. *O casamento do Céu e do Inferno*, Blake
53. *Cartas a favor da escravidão*, Alencar
54. *Utopia Brasil*, Darcy Ribeiro
55. *Flossie, a Vênus de quinze anos*, [Swinburne]
56. *Teleny, ou o reverso da medalha*, [Wilde et al.]
57. *A filosofia na era trágica dos gregos*, Nietzsche
58. *No coração das trevas*, Conrad
59. *Viagem sentimental*, Sterne
60. *Arcana Cœlestia e Apocalipsis revelata*, Swedenborg
61. *Saga dos Volsungos*, Anônimo do séc. XIII
62. *Um anarquista e outros contos*, Conrad
63. *A monadologia e outros textos*, Leibniz
64. *Cultura estética e liberdade*, Schiller
65. *A pele do lobo e outras peças*, Artur Azevedo
66. *Poesia basca: das origens à Guerra Civil*
67. *Poesia catalã: das origens à Guerra Civil*
68. *Poesia espanhola: das origens à Guerra Civil*
69. *Poesia galega: das origens à Guerra Civil*
70. *O chamado de Cthulhu e outros contos*, H.P. Lovecraft
71. *O pequeno Zacarias, chamado Cinábrio*, E.T.A. Hoffmann
72. *Tratados da terra e gente do Brasil*, Fernão Cardim
73. *Entre camponeses*, Malatesta
74. *O Rabi de Bacherach*, Heine
75. *Bom Crioulo*, Adolfo Caminha
76. *Um gato indiscreto e outros contos*, Saki
77. *Viagem em volta do meu quarto*, Xavier de Maistre
78. *Hawthorne e seus musgos*, Melville
79. *A metamorfose*, Kafka
80. *Ode ao Vento Oeste e outros poemas*, Shelley
81. *Oração aos moços*, Rui Barbosa
82. *Feitiço de amor e outros contos*, Ludwig Tieck
83. *O corno de si próprio e outros contos*, Sade
84. *Investigação sobre o entendimento humano*, Hume
85. *Sobre os sonhos e outros diálogos*, Borges | Osvaldo Ferrari
86. *Sobre a filosofia e outros diálogos*, Borges | Osvaldo Ferrari
87. *Sobre a amizade e outros diálogos*, Borges | Osvaldo Ferrari
88. *A voz dos botequins e outros poemas*, Verlaine
89. *Gente de Hemsö*, Strindberg
90. *Senhorita Júlia e outras peças*, Strindberg
91. *Correspondência*, Goethe | Schiller
92. *Índice das coisas mais notáveis*, Vieira
93. *Tratado descritivo do Brasil em 1587*, Gabriel Soares de Sousa
94. *Poemas da cabana montanhesa*, Saigyô
95. *Autobiografia de uma pulga*, [Stanislas de Rhodes]
96. *A volta do parafuso*, Henry James
97. *Ode sobre a melancolia e outros poemas*, Keats
98. *Teatro de êxtase*, Pessoa
99. *Carmilla — A vampira de Karnstein*, Sheridan Le Fanu

100. *Pensamento político de Maquiavel*, Fichte
101. *Inferno*, Strindberg
102. *Contos clássicos de vampiro*, Byron, Stoker e outros
103. *O primeiro Hamlet*, Shakespeare
104. *Noites egípcias e outros contos*, Púchkin
105. *A carteira de meu tio*, Macedo
106. *O desertor*, Silva Alvarenga
107. *Jerusalém*, Blake
108. *As bacantes*, Eurípides
109. *Emília Galotti*, Lessing
110. *Contos húngaros*, Kosztolányi, Karinthy, Csáth e Krúdy
111. *A sombra de Innsmouth*, H.P. Lovecraft
112. *Viagem aos Estados Unidos*, Tocqueville
113. *Émile e Sophie ou os solitários*, Rousseau
114. *Manifesto comunista*, Marx e Engels
115. *A fábrica de robôs*, Karel Tchápek
116. *Sobre a filosofia e seu método — Parerga e paralipomena (v. II, t. I)*, Schopenhauer
117. *O novo Epicuro: as delícias do sexo*, Edward Sellon
118. *Revolução e liberdade: cartas de 1845 a 1875*, Bakunin
119. *Sobre a liberdade*, Mill
120. *A velha Izerguil e outros contos*, Górki
121. *Pequeno-burgueses*, Górki
122. *Um sussurro nas trevas*, H.P. Lovecraft
123. *Primeiro livro dos Amores*, Ovídio
124. *Educação e sociologia*, Durkheim
125. *Elixir do pajé — poemas de humor, sátira e escatologia*, Bernardo Guimarães
126. *A nostálgica e outros contos*, Papadiamántis
127. *Lisístrata*, Aristófanes
128. *A cruzada das crianças/ Vidas imaginárias*, Marcel Schwob
129. *O livro de Monelle*, Marcel Schwob
130. *A última folha e outros contos*, O. Henry
131. *Romanceiro cigano*, Lorca
132. *Sobre o riso e a loucura*, [Hipócrates]
133. *Hino a Afrodite e outros poemas*, Safo de Lesbos
134. *Anarquia pela educação*, Élisée Reclus
135. *Ernestine ou o nascimento do amor*, Stendhal
136. *A cor que caiu do espaço*, H.P. Lovecraft
137. *Odisseia*, Homero
138. *O estranho caso do Dr. Jekyll e Mr. Hyde*, Stevenson
139. *História da anarquia (vol. 2)*, Max Nettlau
140. *Eu*, Augusto dos Anjos
141. *Farsa de Inês Pereira*, Gil Vicente
142. *Sobre a ética — Parerga e paralipomena (v. II, t. II)*, Schopenhauer
143. *Contos de amor, de loucura e de morte*, Horacio Quiroga
144. *Memórias do subsolo*, Dostoiévski

Edição _ Bruno Costa
Co-edição _ Alexandre B. de Souza
e Jorge Sallum
Capa e projeto gráfico _ Júlio Dui e Renan Costa Lima
Programação em LaTeX _ Marcelo Freitas
Consultoria em LaTeX _ Roberto Maluhy Jr.
Revisão _ Marta Miranda O'Shea
Colofão _ Adverte-se aos curiosos que se imprimiu esta obra em nossas oficinas em 10 de abril de 2013, em papel off-set 90 g/m², composta em tipologia Minion Pro, em GNU/Linux (Gentoo, Sabayon e Ubuntu), com os softwares livres LaTeX, DeTeX, vim, Evince, Pdftk, Aspell, svn e TRAC.